KB187125

귀환병사

요람 新무협 판타지 소설

FANTASTIC ORIENTAL HEROES

귀환병사 20

요람 新무협 판타지 소설

초판 1쇄 찍은 날 § 2015년 3월 5일
초판 1쇄 펴낸 날 § 2015년 3월 12일

지은이 § 요람
펴낸이 § 서경석

편집부장 § 권태완
편집책임 § 한준만

펴낸곳 § 도서출판 청어람
등록번호 § 제387-1999-000006호
등록일자 § 1999. 5. 31
어람번호 § 제2-2576호

주소 § 경기도 부천시 원미구 부일로 483번길 40 서경B/D 3F (우) 420-822
전화 § 032-656-4452 팩스 § 032-656-4453
http://www.chungeoram.com
E-mail § chungeorambook@daum.net

ⓒ 요람, 2013

ISBN 979-11-04-90143-0 04810
ISBN 978-89-251-3414-7 (세트)

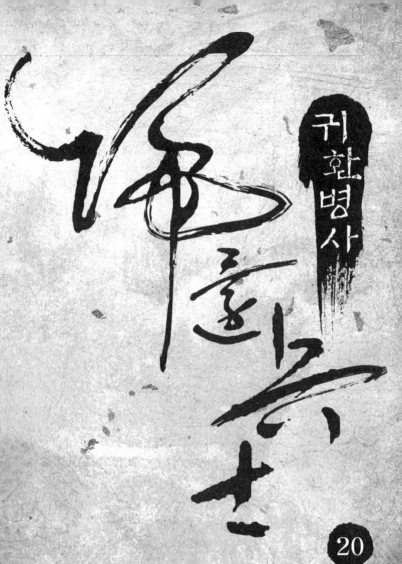

요람 新무협 판타지 소설

귀환병사

FANTASTIC ORIENTAL HEROES

20

도서출판 청어람

目次

제182장	월하폭포(月下瀑布)	7
제183장	비천성(飛天城)	31
제184장	소수(素手)	83
제185장	일족즉발(一觸卽發)	109
제186장	구화검(九禍劍)	127
제187장	소수(素手) 二	157
제188장	기습전야(奇襲前夜)	209
제189장	정찰(偵察)	249
제190장	야습감행(夜襲)	273

第百八十二章 월하폭포(月下瀑布)

귀환병사

　마녀와의 만남 이후, 태산까지의 여정은 순조로웠다.

　폭풍 같았던 만남이었던지라 일행은 한동안 정신을 못 차렸지만, 여정을 계속하면서 하나둘씩 원래대로 돌아왔다. 단문영은 그날 새벽에 바로 깨어났다. 마녀의 기세에 질리다 못해 기절까지 한 그녀였지만 당청의 단약이 도움이 됐는지, 기력이 쇠한 것 빼고는 크게 다친 문제될 곳은 없었다.

　여정 동안 이상하게도 대화는 별로 없었다. 앞으로의 일에 대해 많은 대화를 나눠야 하지만, 각각 생각에 잠겨 있는 모양인지 말을 아끼고 있었다.

무린도 굳이 대화를 먼저 걸지 않았다.

아니, 솔직히 무린은 그럴 겨를이 없었다.

비천신기(飛天神氣).

사실 무린은 비천신기를 처음 얻고 나서도 이에 대해 감흥을 느낄 새가 없었다. 탈각을 이루고 난 뒤 정신을 차리자마자 바로 소요진으로 달려갔다. 그리고 무혜를 구한 뒤, 전투에 바로 참전했다.

전투가 끝난 뒤에도 남궁현성과의 신경전과 만독문과의 일, 또 흑기사와 흑영과의 일전이 이어졌다.

소요진대전의 종전 이후 남궁세가의 일, 그리고 북원의 전신과의 만남, 이후 흑영과의 전투 뒤 다시 마녀와의 만남.

비천신기에 대해 진지하게 고민할 여유 자체가 없었다. 그러다 이제야 여유가 났다.

'복(福)인가, 화(禍)인가.'

이게 무린이 비천신기에 대해 생각할 때 잡은 기준점이었다. 비천신기로 인해 무린은 탈각을 이뤘다.

그 누구도 무시 못 할 정도를 넘어 당금 천하에 우뚝 섰다 해도 무방할 정도의 무력을 일신에 갖췄다.

그 중심에는 비천신기가 있었다.

무린의 실전무투술과 투지도 단단히 한몫하고 있지만, 비천신기가 그 중심에 있는 점은 결코 부정할 수가 없었다.

상식적으로 생각한다면…….

고마운 일이다.

감사해야 할 일이다.

'아니. 이건… 화에 가깝다.'

무린은 오랫 동안 사고를 거듭해 정의를 내려 봤다. 그중에 단 한 번도 비천신기가 복이라고 생각되질 않았다. 이유야 알다시피다.

마녀가 스스로 갖출 수 없으니 쥐어준 힘.

조만간 다시 빼앗아갈 힘.

모든 결론이 그렇게 나왔다.

그러니 화다.

무린은 여기서 다른 의문을 하나 더 느꼈다.

'왜? 왜 그때 빼앗아가지 않았지?'

선전포고라고 했지만, 마녀는 사실 그렇게 친절한 인물이 아니다. 아니, 친절이라는 단어를 마녀에게 적용시키는 것 자체가 어불성설이다. 세계의 멸망을 원하고, 그럴 힘을 오랜 세월을 들여 갖춰놓은 인물이다.

그 힘이 풀리면?

재앙이다.

이 중원 땅에 새겨진 그 어떤 역사에서도 볼 수 없었던 거대한 대전이 벌어질 것이다. 아니, 대전이라고 할 수 있으려나 모르겠다. 일방적으로 밀리지 않을까? 학살이 벌어지지 않을까? 그런 일을 꾀하는 마녀에게 친절이라니. 기가 찰 일이다.

친절이라는 단어에게도 모욕이 될 일이었다.

어쨌든 그런 마녀다.

그런데 왜……? 왜 그렇게 친절과는 전혀 동떨어진 마녀가 당시 무린의 힘을 거둬가지 않았을까?

'흑영의 말처럼 아직 덜 여물어서? 더 강해져야 한다는 소리인가? 또다시 극한 상황에서의 단련이 이루어져야 한다는 건가?

상당히 신빙성이 있는 생각이었다.

애초에 흑영이 그렇게 말하기도 했었고.

'도대체 무슨 짓을 하려고…….'

비천신기로 대체 뭔 짓을 하려고 하는 걸까? 이런 의문도 당연히 뒤따랐다. 듣기로는 뚫어야 할 게 있다고 했다.

'마녀의 관일로도 뚫지 못한다? 그래서 비천신기까지 필요하다?

그렇게 생각하는 게 타당했다.

후우…….

"무슨 생각을 그렇게 해요?"

그때 무린의 귀로 들려오는 목소리. 소향이 오랜만에 침묵을 깨고 무린에게 말을 건 것이다. 무린은 상체를 폈다. 두둑!
하고 위축되어 있던 근육, 골격들이 펴졌다.

"그냥 비천신기에 대해 생각하고 있었다."

"겁나요?"

푹! 하고 꽂힐 정도로 던진 단도직입적인 질문. 무린은
음… 하고 잠시 신음을 흘렸다. 겁나냐고? 생존에 대한 욕구
가 있으니 마녀에 대한 공포가 당연히 있었다.

없다고 하는 건 거짓말이다. 무린도 엄연한 사람이다. 다
만 극한의 단련과 생사를 넘나들은 경험으로 공포를 이겨내
는 것뿐이지, 아예 안 느끼는 게 아니었다.

"겁나지. 안 겁나면 그게 사람인가? 그저 쇠와 나무로 만들
어진 기관일 뿐이지."

무린의 대답에 소향이 손바닥으로 입을 가르고 호호, 하고
작게 웃었다.

"역시 오라버니는 솔직해요. 호호."

"거짓말해서 무언가 얻을 수 있는 상황이 아니니까. 네 질
문처럼 겁은 나. 하지만 단지 이겨내려 할 뿐이야. 그러는 소
향, 너는?"

"저도 뭐……."

당연히 겁나죠.

아주 작게 소곤거리듯이 대답했지만 그걸 못 들을 사람들

이 아니었다. 각각 떨어져 위치하고 있지만 전부 들었을 것이다. 단순 청각 영역이 못 해도 몇 장, 넓게는 십 장 단위가 가볍게 넘어가는 이들이니까.

코앞에 있는 무린이야 당연히 들었다.

무린의 옆에 있는 단문영도.

후… 하……!

기지개를 쫙 펴더니, 심호흡을 하는 소향.

"겁나요. 숨도 못 쉴 만큼."

작은 목소리였고, 파르르 떨리는 목소리였다. 정말 겁을 먹은 목소리였다. 크고 진한 눈망울이 잔 경련을 일으키는 것도 보였다.

소향은 강하다.

강하지 않았으면 지금까지 마녀와 대적할 방도조차 마련하지 못했을 것이다. 마녀는 상식이 통하지 않는 존재. 그런 존재는 필연적으로 공포와 절망을 양옆에 끼고 다가오게 마련이다. 마녀도 그랬다.

소향에게 정말 거대한 공포와 절망을 매 순간 떠올릴 때마다 선사했다. 정말 매 순간마다. 그걸 소향은 계속해서, 십수 년 동안이나 견뎌왔다. 작지만 단단한 게 바로 소향이다. 하지만 소향도 사람이다.

무린과 같은 사람.

의식하고 싶어 하지 않을 뿐이지, 그녀만큼 여기서 마녀에게 큰 공포를 느끼는 사람도 없을 것이다.

아, 단문영 빼고.

"하지만 겁난다고 아무것도 안 할 수는 없잖아요?"

"그렇지. 내 말이 맞아."

소향의 말에는 무린도 동의했다.

손 놓고 있을 건가? 대적불가의 '적'이라 생각된다고? 그럴 리가 있나. 무린이다. 무공의 무(武) 자도 모르는 상태에서 북방에 끌려가 오직 단련과 투쟁만으로 십오 년을 버티고, 기어코 전역한 사내가 바로 무린이다.

그의 머릿속에 포기라는 단어는 애초에 존재하지 않았다. 공포를 넘어설 정신력이 충분히 뒷받침되어 있는 게 바로 무린이다.

그리고 그건 소향도 마찬가지였다.

"그동안 생각만 하던데, 뭔가 좋은 방안이라도 찾았어?"

산해관으로 가던 길을 멈추고 무린과 동행을 지속하는 당청의 물음이었다. 그녀의 얼굴은 전보다 조금 수척했다. 마음고생이 심했던 그녀였다. 어떤 마음고생이냐면 당연히 마녀와의 만남이 가져다 준 파장으로 인한 심적 고생이다.

아마, 그녀는 처음 느껴봤을 것이다.

마녀라는 존재의 무시무시함을.

그 압도적인 존재감은 둘째 치고, 자신도 상대가 불가능한 탈각의 무인들의 육체를 구속해 버린 그 말도 안 되는 능력.

진짜 말도 안 되는 능력을 접하고 나서 그녀는 솔직히 처음엔 어안이 벙벙한 정도였다. 하지만 점차 현실을 인정해 갈수밖에 없었고, 마녀라는 존재가 얼마나 말도 안 되는 존재인지를 깨달았다.

그래서 그녀도… 공포에 떨었다. 향후 그런 적과 싸워야 하는 현실이 무서웠던 것이다.

"설마요. 그렇게 쉽게 찾아졌으면 벌써 마녀를 죽였겠죠."

"그렇겠지?"

"그렇겠죠."

"하아… 괜히 당신 싸움 보러 간 것 같네. 호기심이 결국 제 목을 죄인다더니. 이게 지금 딱 그 꼴이야."

당청의 원망스러운 눈동자로 무린을 바라보며 마지막 말을 이었다. 이후 그녀도 다시 무겁고 깊은 한숨을 뱉었다.

그녀는 비천무제와 남궁세가의 결투 소문에 끌려 안휘성을 찾았다가, 수많은 일을 겪고 지금 이 자리에 있었다.

"그게 어디 오라버니 탓인가요? 언니 호기심이 문제지?"

"알아, 하지만 머리는 뒤죽박죽인데 어따 하소연할 곳도 없으니 그렇지. 네가 좀 들어줄래?"

"아니요. 제 머리 하나 간수하기도 벅차요 지금은."

"칫, 매정하기는."

"애처럼 굴지 마요. 나이 먹어서 그게 무슨 추태람?"

"어머, 애 봐라?"

당청과 소향의 대화는 무겁던 분위기를 다소 완화하는 역할을 하고 있었다.

애초에 당청의 저 말이 진심이 아니었다. 그녀 정도 위치에 있는 무인이 남에게 화살을 돌리다니, 있을 수 없는 일이다.

지금도 당청은 일부로 저러고 있었다.

요 입이야?

망측한 말을 하는 게 요 입이냐고!

아파요!

하고 촌극을 펼치는 이유는 역시 무거운 분위기를 그녀가 싫어하기 때문이었다. 마녀와 만나기 전에 당정호와 티격태격했던 것도 그런 이유에서였다.

바스락거리는 소리에 모두가 움직임을 잠시 멈췄다.

수풀을 뚫고 한비담과 예하가 조금 말랐지만, 덩치는 제법 큰 멧돼지 한 마리를 잡아왔다. 손질은 예하가 직접 했다. 여인이지만 손질에 능숙한지, 금세 뚝딱 멧돼지를 해체하고 단단한 나무에 꿰어 불가에 올렸다.

그리고 바다의 금이라는 백염(白鹽)과 산초(山椒)가루를 꺼내 뿌렸다.

후각을 자극하는 향이 일순간 장내를 감돌다가, 바람에 실려 날아갔다. 검은 산초 가루는 무린도 처음 맛본 향신료였다. 처음에는 신기했다. 고기의 잡내가 가루만 뿌렸는데도 거의 사라졌다는 게.

고기가 익자 하나둘씩 모여들었다.

그리고 말없이 식사.

식사 시간은 좀 걸렸다.

무린이야 워낙에 전투적인 식사에 길들여 있는지라 속도가 상당히 빨랐다. 빠르게 먹고, 항상 경계를 했었기 때문이다.

하지만 다른 이들은 아니었다.

지극히 안정된 생활을 했었던 이들이다. 그러니 식사에 여유가 있었다.

"잠시 자리 좀 비우지."

"네, 다녀오세요."

무린은 굳이 기다리지 않고 자리에서 일어나 숲 안쪽으로 들어갔다. 귓가로 쪼르르, 소리가 들리는 곳이 목적지였다.

수풀을 헤치고 들어서자, 작은 폭포와 쌍을 이루는 연못이 있었다. 마치 주변도 뻥 뚫려 있어서 달빛이 그대로 반사되어 매우 신비한 분위기가 조성되어 있었다.

그걸 보며 무린은 답답하던 가슴이 일순간 뻥 뚫리는 느낌을 받았다. 자연이 만들어 준 치유 현상이다. 마침 딱 전경을 구경하기 좋은 위치에 바위 하나가 있었다. 가볍게 몸을 날려 그 위에 올라선 무린은 창을 내려놓고 철퍼덕 주저앉았다.

쪼르르.

쪼르르르르.

끊임없이 떨어지는 폭포 소리가 광경에 맞물려 무린의 가슴을 천천히 적셨다. 그 소리를 가만히 듣던 무린은 갑자기 픽, 하고 웃었다.

"지금 내가 이러고 있을 땐가……."

대적을 눈앞에 두었다.

언제 불이 붙을지 누구도 예상을 못 하고 있었다. 오직 그 대적이 마음먹기에 따라 이제야 안정되어 가는 중원에 다시금 불이 붙을 것이다. 단순한 불이라고 표현하기도 힘들다. 모든 것을 집어삼킬 파멸의 겁화(劫火)에 가깝다.

그런데 지금 이렇게 신비한 작은 폭포를 감상이나 하고 있다니. 그 순간 무린의 심리가 무의식적으로 자기만족의 사유를 생각해 냈다.

"앞으론 어차피 봐도 못 느낄 테니까……."

훌륭한 사유였다.

그래, 어차피 이제 이런 전경을 보고 감상을 할 여유는 오늘이 마지막이 될 것이다. 언제 터진다! 그 시기를 아는 건 아니지만 무린은 거의 본능적으로 느끼고 있었다. 멀지 않았다는 사실을.

길어야… 한 달.

정말 길어야 한 달이다.

빠르면 당장 내일 터져도 결코 이상하지 않았다.

쪼르르르.

마치 낙숫물처럼 들려오는 폭포 소리가 심신의 안정을 불러왔다. 여유가 생긴 탓이다. 나쁘지 않아, 라고 중얼거릴 때쯤 저 멀리서 인기척이 들려왔다. 누군가 자신을 향해 아주 똑바르게 다가오고 있었다.

마치 어디 있는지 아는 것처럼.

그러면서 기감을 펼쳐 살펴보는 기색은 느껴지지 않았다. 무린은 다가오는 이가 누군지 알 수 있었다.

바스락거리면서 수풀을 조심스럽게 헤쳐 나오는 이는 단문영이었다. 혼심으로 연결된 둘이다. 단문영을 그걸로 무린의 위치를 파악, 똑바르게 직선으로 찾아온 것이다. 큰 덤불을 마지막으로 뚫고 나온 단문영.

"와아……!"

곧바로 감탄을 터트렸다.

단문영, 역시 여인은 여인이었다. 무린은 저렇게 육성으로 탄성을 흘리지 않았다. 하지만 단문영은 육성으로 흘렸다.

그만큼 달빛 폭포가 주는 신비함에 순간 제대로 취한 것이다.

"멋지다……."

피식.

그 표현에 무린은 웃었다.

그렇게 탄성을 흘려놓고 겨우 감상평이 멋지다. 이게 전부라니. 시적 표현을 쓰지 않은 것은 단문영다웠다. 허례를 좋아하지 않는 여인이다.

감성은 있으나, 그걸 굳이 표현하지도 않는 여인이 단문영이었다. 려와는 확실히 성향이 달랐다.

'이제는 인정할 수밖에 없나……'

언제부터였을까?

아니, 얼마 전 흑영과 일전의 위기를 넘기게 해줬을 때가 결정타였다. 무린은 생각을 접었다. 이건 지금 할 생각이 아니라는 판단이 들었다.

"이쪽으로 올 건가?"

"네, 가고 싶어요."

무린의 홀쩍 몸을 날렸다. 단문영의 옆에 떨어져 내렸다가, 그녀를 안아 들고 다시 몸을 날렸다. 쉭쉭 하고 검은 줄기가 두 군데서 솟구치는 환상이 보였고, 끝났을 때는 두 사람 다 바위 위에 서 있었다.

무린이 앉자 단문영도 그 옆에 바르게 앉았다.

나란히 앉은 두 사람은 떨어지는 폭포 소리와 떨어지는 달빛만 바라볼 뿐, 좀처럼 말문을 열지 않았다.

어색한 공기가 흐르는 건 아니었다. 둘은 어색한 사이가 아니었으니까. 단지 그냥 달빛폭포를 바라보는 게 먼저일 뿐이었다.

한참을 그렇게 구경하고, 먼저 말문을 연 이는 무린이었다.

"할 말이 있지?"

"이제야 좀 편한 말투를 써주네요?"

"여태는 딱딱했나?"

"네, 지금 했나? 그런 식으로 딱딱했죠. 대원처럼 대했으니까요."

"대원이었으니까."

"어, 그럼 지금은요?"

"……"

무린은 말꼬리를 잡고 늘어지는 단문영을 가만히 바라봤다. 단문영도 무린의 시선을 느꼈는지 고개를 돌려 무린을 바라봤다.

"말꼬리 잡을 거면 돌아가고."

"……"

눈빛 교환은 없었다.

즉각 나온 무린의 말에 단문영이 잠시 눈을 동그랗게 떴다가, 이내 고개를 절레절레 저었다. 마치 아… 이 사내 안 되겠다. 이런 감정이 듬뿍 묻어 나오는 행동이었다. 무린도 모를 리가 없었다.

다만, 지금은 때가 아니라고 느꼈을 뿐이다.

무린의 눈동자에는 조금의 타협도 없었다. 할 말을 하라는 감정만 가득 담겨 있었다. 그걸 못 알아차릴 단문영이 아니었다.

"네, 있어요."

"말해. 어쩌면… 지금밖에 없으니까."

"하아… 그걸 말하려고 했어요."

"지금밖에 없다. 이거?"

"그래요. 우리들… 아마 이제부터 여유라곤 없을 테지요. 느끼고 있죠?"

"……."

무린은 대답 대신 고개를 끄덕였다.

처음 이곳에 와서 느꼈던 감정들, 그걸 만끽할 여유는 아마도 오늘부로 끝날 거라 여겼다. 그걸 단문영도 느낀 모양이었다.

하긴, 그녀의 감은 무린보다 더 좋으니까. 아니, 감이라고 부르기도 미안한… 신기(神氣)를 느끼는 그녀니까.

"어떻게 느껴져요?"

"뭘 말이지?"

"당신, 그리고… 나. 우리 둘의 마지막."

"대답하기 곤란하군."

"대답할 수 없는 거겠죠."

"……."

단문영의 말이 맞았기에, 말문이 일순간 막힌 무린이었다. 그녀의 말 대로다. 대답할 수 없었다. 무린도 느끼는 게 명확히 있었다. 전신이 했던 말. 연이 닿아 있지 않다던…….

왜? 왜 닿아 있지 않지?

그 의문에서부터 시작된 고민은 한 가지 결론을 찾아냈다. 가능성이 매우 높은… 결론이었다.

그래서 말할 수 없었다.

"나는요. 그걸 바꾸고 싶어요. 그래서 지금부터 전 오직 그것만 생각해 볼까 해요."

"가능할까? 아무리 문영, 너라도 힘들 것 같은데."

"어, 지금 문영이라고?"

"그게 중요한 게 아니지."

"나한테는 중요해요."

단문영의 콧잔등에 주름이 자글자글 갔다. 무린의 말에 눈을 찡그린 것이다. 피식. 이번엔 무린도 웃을 수밖에 없었다.

"어쨌든 그건 너라도 힘들 것 같다. 너나 나나… 운명이 지 랄 맞게 험상 굳어서 결코 쉽게 변할 것 같지가 않아."

"벌써부터 약한 소리 마요. 아직 시작도 안 했잖아요?"

"약한 소리가 아니야. 나는 인정하고, 앞으로 나아간다. 물론 자포자기의 심정으로 나서는 것도 아니다. 나는 뒤집을 각오로 간다. 전력으로. 그뿐이야."

"알아요. 그게 당신의 방식이라는 것을. 나는 그걸 좀 더 돕고 싶을 뿐이에요."

조용한 단문영의 말에 무린은 저도 모르게 고개를 끄덕였다. 언젠가부터 무린을 옆에서 '지켜' 보고 싶다던 단순한 이유에서, '도와' 주는 존재가 된 단문영.

그리고 온전히 비천대원에 녹아들었고, 점차 자신에게 다가온 여인.

무린은 이 말에서 조금의 거짓도 느낄 수 없었다.

온전히 진심이 가득한 말이었고, 그래서 고마움에 고개가 절로 끄덕여진 것이다.

"저는 태산으로 돌아가면 한동안 그 방법을 찾아봐야겠어요. 비천대와는 함께하지 못할 거고요. 그걸 말하러 왔어요."

"그래, 알았다."

"아아, 또 딱딱하네. 뭐, 차차 나아질 거라 믿고 있어요. 그럼 저 먼저 갈게요."

그렇게 말하고 자리에서 일어서는 단문영.

그녀는 무린의 도움을 받지 않고 바위를 혼자 내려서서 수풀을 헤치고 돌아갔다. 그녀가 사라지자 무린은 다시금 달빛 폭포에 시선을 던졌다. 하지만 이제 그 신비한 전경을 눈으로 담아도 가슴과 마음으로 느껴지는 게 없었다.

단문영과의 짧은 대화 때문이었다.

느껴지는 게 없을 리가 없었다.

그녀의 마음도 느꼈고.

더러운 상황도 느꼈다.

"후우……."

무린답지 않게 정말 근심 가득한 한숨이 슬며시 열린 입술 사이로 빠져나왔다. 그녀와의 대화는 힘이 되었지만, 근심도 같이 안겨주었다.

도무지 해답이 보이지 않는 상황을 다시 한 번 느꼈기 때문이다. 될 대로 되라는 심정조차 가지지 못하는 상황.

대체 어떤 상황인지 짐작이나 가는가?

예전에는 소향에게 받은 생명의 구원. 그 은혜를 갚기 위해 참전하려 마음을 먹었었지만 이제는 아니었다.

이젠 자신도 아주 확실하게 관여되어 있었다.

그것도 그 중심부에 딱! 하고 박혀 있었다.

바로 비천신기.

이놈 때문이었다.

기잉.

기이잉.

무린의 의식하자 비천신기가 자다 말고 바로 깨어났다. 그리고 왜 깨웠냐고 투정부리듯이 빙글빙글 돌기 시작했다.

마치 새끼 고양이나 강아지가 애교를 부리는 모양새였다.

'적어도 아주 조금은 의지가 있는…….'

그러니 신기라 불린다.

제 주인의 의식과 위험에 바로바로 반응하니까.

무린이 의식하지 못해도 어떤 정보를 바탕으로 움직이는지, 비천신기는 바로바로 반응해 줬다. 그 이전에 삼류공도 마찬가지였고.

특별한 내력이다.

하지만 지금은… 이 자체가 독이 되었다.

이 때문에 그는 전장의 한복판에 서야 하는 운명의 길로 가게 되었다. 그 길을 피할 수 있는 방법은 도무지 보이지 않았다.

도망간다?

괜찮다.

좋은 방법이긴 하다.

하지만… 그 도망 세월이 그리 길지는 않을 것이다. 마녀의 손바닥을 피하기는 사실 요원해 보였으니까.

'없애 버릴까?'

극단적인 생각까지 사고가 밀려갔다.

비천신기.

아아, 버릴 수도 없고, 그렇다고 지키기도 힘들어 보이고.

단문영에게는 강하게 말했지만, 사실 무린은 지금 정말 태어난 이래 처음으로 깊은 좌절감을 맛보고 있었다.

의식적으로 그 좌절감이 표면으로 올라오는 것도 막고 있었다. 정말 이것도 무린답지 않은 행동이고, 상태였다.

하지만 이건 무린이 어떻게 막을 수가 없었다. 생각하고 싶지 않아도 계속해서 생각나는 걸 무린은 막지 못했다.

감정을 통제하는 법은 익힌 무린이지만, 정말 도무지 이것만큼은 힘들었다.

'약해지지 말자. 무린, 네가 흔들리면 전부 다 흔들려. 도움은 못 돼도… 짐은 되지 말아야지.'

무린은 속으로 제삼자에게 얘기하듯 자신에게 말을 건넸다. 아니, 말이 아닌 경고와 부탁을 합친 말에 가까웠다.

그만큼 지금 심적으로 무린은 벽에 몰려 있었다. 다만 그렇게 보이지 않으려고 부단히 노력 중이다.

짝!

'그만, 그만 생각해!'

손바닥으로 자신의 뺨을 쫙 소리가 나게 친 무린. 생각을 멈추기 위함이었다. 어차피 답이 없는 고민을 계속하는 건 심적 고통을 스스로 유발하는 것밖에 되지 않는다. 결코 좋은 현상은 아니니 무린은 고민을 강제로 끝내 버렸다.

'일단 태산으로 돌아가자.'

어머님과 동생들.

가족.

갑자기 그리움이 몰려왔다.

이유는 없었다.

아니, 있었다.

무린은 점점 약해지고 있었다.

第百八十三章

비천성(飛天城)

귀환병사

　무린 일행은 태산현에 도착했지만 안으로 들어서지 않았다. 현을 지나쳐 태산, 그 뒤쪽으로 방향을 잡았다. 태산 뒤쪽의 작은 산에는 마을이 있었다. 멀리서도 보이는 마을은… 사실 마을이라고 하기에는 무리가 있었다.

　작은 성이었다.

　성벽이 있고, 해자가 있었다.

　외성문이 있었고, 내성문도 있었다.

　공성을 치러도 될 정도의 위용을 뽐고 있었다.

　"엄청나네요……."

언덕에서 그런 마을 아닌 마을을 보던 소향이 멍하니 중얼거렸다. 그 옆에 일렬도 늘어선 이들도 소향의 말에 공감하는지 고개를 끄덕였다.

무린도 놀랐다.

떠난 지 꽤 되었다.

이 년? 삼 년? 세월을 세지 않았기에 잘 감은 안 오지만 얼추 그 정도는 될 것이다. 남궁세가로 떠났다가, 다시 돌아와 북방으로 가기 전에 들른 게 마지막이었다. 그때는 이 정도가 아니었다. 그저 터를 만들고 있었을 뿐이었다.

"저게 마을이에요? 어떻게 보더라도 성인데? 무슨 군사요새라도 만들 생각이었어요?"

"……."

소향의 약간 들뜬 말에 무린은 말없이 고개를 저었다.

군사용으로 증축한 마을이 아니었다. 저 마을은 비천대 가족들을 위해 만든 마을이었다. 그래, 마을. 최초 목적은 마을의 설계였다.

스승님이 사유지인 작은 산을 내주셨고, 그곳에 무린은 비천대원들의 가족이 기거할 수 있는 마을을 만들고자 했을 뿐이었다.

그런데… 지금 보니 저건 마을이 아니었다.

"일단 가보자. 웅? 나 저 마을 안이 너무 궁금해……."

조용히 중얼거리는 당청이었다.

당가도 아마 저렇게 성의 모습을 하고 있다고 들은 적이 있었다. 그리고 수많은 기관이 설치되어 있어 적의 침입을 일체 허용치 않는 철옹성이라 불린다고 했다. 그러니 그녀가 저 위압적인 모습에 궁금증을 느끼는 것도 무리가 아니었다.

일단 언덕을 내려가 빠르게 다가서니 진짜 해자가 있었다. 수심도 깊었고 물길도 제대로 내었다. 어디서 물을 끌고 왔는지 궁금할 정도였다.

낮은 야산의 중턱에 걸려 있는 성.

수원은 산꼭대기일 게 분명했지만, 그래도 저 정도의 수심을 유지하려면 웬만한 물줄기로는 어림도 없을 일이었다.

넓이도 상당했다.

어림잡아 봐도 약 십 장 가까이 되어 보인다. 무공을 익히지 않은 이들이라면 절대 넘을 수 없는 거리였다.

"땅을 파고 흑 벽에다가 판자를 댔네? 아아, 물길에 무너지지 않게 만든 거구나. 깊이는… 음, 대략 오 장 정도일까?"

당청이 해자 앞에서 쪼그리고 앉아 그 안을 살피면서 중얼거렸다. 당가는 기본적으로 손재주가 뛰어나니 그냥 지나칠 수 없었을 것이다.

무린은 해자에서 시선을 떼고 발 앞에 놓인 다리를 바라봤다.

다리 하나가 있는데, 이 방식은 보통 중원에서 쓰이는 성의 모습이 아니었다. 보통 성은 문을 좌우의 벽에 날아 열고 닫는 방식이다. 하지만 지금 무린의 보는 다리는 양 시작점, 중간, 끝에 굵직한 쇠사슬이 걸려 있었다.

아마 이 쇠사슬이 유사시 다리를 끌어 올려 거대한 성문의 역할을 하는 것 같았다. 들은 적이 있다. 이런 방식의 성문. 하지만 직접 보는 건 처음이었다.

삐이익!

낮은 휘파람 소리에 무린이 성문 위를 올려다보니 장팔이 보였다. 무린이 고개를 끄덕이자 다리 끝에, 이중 성문의 역할을 하는 문이 천천히 내려왔다.

"구경은 그만하고 들어가는 게 어떨까 싶은데."

무린이 당청에게 하는 말이지만 직접 말하기는 좀 그래서 소향을 보며 말하자, 소향은 웃으며 고개를 끄덕였다.

"네, 들어가요!"

무린이 앞에 서서 다리를 건너 안으로 들어가자, 이미 무린이 근처에 왔을 때부터 안으로 전갈이 들어갔는지 비천대가 성 안에서 기다리고 있었다.

힐끔.

성문 위 돌에 뚜렷하게 양각되어 있는 단어가 눈에 딱 들어왔다.

비천성(飛天城).

"충! 오셨습니까. 대주."

충!

장팔의 경례에 낮고 굵은 울림이 뒤따라왔고, 무린은 가볍게 고개만 끄덕였다. 스윽, 면면을 살펴보는데 몇 사람이 보이질 않았다. 살짝 눈동자가 커지자 장팔이 무린의 의문을 눈치채고 바로 대답했다.

"백 부대주님이랑 남궁 노사님은 도착하자마자 폐관에 들었습니다."

"……."

오자마자 폐관에 들었다.

아마 무린의 탈각에 자극을 엄청 받은 게 분명했다. 조급함이 느껴지는 부분이다. 하지만 무린은 크게 신경 쓰지 않았다. 백면도 남궁유청도 경지에 든 이들이다. 조급함으로 어리석은 길 방향으로 길을 뚫지는 않을 것이라 생각했다.

무린이 앞으로 한 발자국을 떼자 비천대가 촤라락 길을 열었다. 그들이 비켜서자 성 안의 전경이 그대로 눈에 들어왔다. 외성과 내성이 따로 있는 모양이었다.

일단 가장 먼저 눈에 뛰는 건 성안 중턱, 산의 중간이라고 하는 게 맞을 것이다. 그 부분에 높게 우뚝 서 있는 내성벽이었다. 색은 칠흑처럼 검었다.

바람을 타고 조금 탁한 쇠 내음도 났다.

통짜 쇠를 이어 붙여 세운 게 분명했다.

"엄마야……! 정호, 따라와."

"아, 넵!"

당청도 그걸 보고는, 그대로 신법을 발휘해 사라졌다. 비천 대는 외부인이 막 벽을 향해 달려갔지만 막지 않았다. 무린과 같이 왔다. 손님인 게 당연하니 막지 않은 것이다.

무린은 내성벽에서 시선을 떼고 주변을 둘러봤다.

외성의 모습은 전체적으로 휑했다. 크고 작은 전각들이 각각의 요소에 배치되어 있었고, 넓은 공터가 있었다. 나무가 상당히 있긴 하지만, 산이었다는 걸 감안하면 정말 휑한 모습이었다.

"전부 베어버렸네. 허허, 질 좋은 나무들이라 아주 보탬이 되었지. 아, 물론 화공을 염두에 둔 것도 있네만."

굵직한 목소리에 무린이 시선을 돌려보니, 반백의 길게 자란 머리를 질끈 묶은 중년에서 장년으로 넘어가는 외형의 사내가 있었다.

기억에 있는 인물이었다.

막유철.

무린에게 철창을 선물해 준 막야의 아버지이자 남해, 해구에서 이십 년을 있었던 야장(冶匠)이다. 아마 이 비천성 곳곳에 그의 손길이 안 닿은 곳이 없을 것이다. 무린은 그런 그를 보고 정중히 허리를 숙였다.

"오랜만에 뵙습니다. 어르신."

"되었네. 무사히 왔으면 된 게지."

고개를 끄덕이며 무린의 인사를 가볍게 받았다. 무공도 없는 이였지만, 무린은 그를 한 사람의 장인으로서 인정했다. 이 정도 솜씨를 가진 이에게 존대와 예는 당연한 일이었다.

"오랜만에 뵙습니다. 진 형."

그 뒤에서 슬쩍 나오는 인물.

꺼멓게 그을린 얼굴과 탄탄한 몸. 아직은 삭풍이 몰아치는 겨울인데도 얇은 흑의만 입고 있는 막야였다.

무린의 입가에 미소가 살짝 걸렸다.

많은 대화를 나누지는 못했다. 하지만 그의 성품은 잘 안다. 시기만 좋았다면 아마 자주 술잔을 기울였을 것이다.

"오랜만입니다. 막 형."

"어떠십니까? 비천성의 모습이. 아, 이름은 진 형의 별호를 따 지었습니다. 저희 아버지께서 말입니다. 하하."

"조금 부담스럽군요."

"하하하."

막야가 무린의 말에 가볍게 웃었다.

"안내를 하고 싶지만… 어머님께서 기다리실 테니 성의 안내는 내일 하는 게 낫겠습니다."

"그러겠습니다."

무린은 고개를 살짝 숙여 감사의 예를 표했고, 이내 걸음을 떼었다. 목적지는 내성이었다. 외성에는 딱 봐도 가옥의 형태를 갖춘 건물은 없었다. 전부 공용으로 쓰일 법해 보이는 대형 전각이나 창고들이 전부였다. 아마 거주 지역은 외성벽 너머에 있을 것이다.

무린이 내성벽에 다가서자 내성벽의 일부분이 일순간 열렸다. 그 위에서 보고 있다가 기관을 작동시킨 것 같았다.

"이야! 기관으로 성문을 열다니… 본가보다 앞서 있는데?"

어느새 합류한 당청의 말을 받은 사람은 당연히 당정호였다.

"저희도 기술은 있지만 아직 접목만 안 했습니다. 근데 뭐, 앞으로도 할 수 있을 것 같진 않습니다."

"왜?"

"할 겨를이나 있겠습니까? 이제 처음부터 다시 시작인데? 괜히 저렇게 보수하다가 다른 대처 제대로 못 하면 그냥 개박살 날 테니까요.

"아……."

예측이고 자시고, 순식간에 휘둘러진 당청의 손바닥이 당정호의 뒤통수를 후려쳤다.

"빡!

"악! 뭡니까!"

"재수 없게 그딴 소리 할래?"

"아 뭐, 틀린 소리했습니까?"

"이게 그래도. 확 그냥 진짜! 뒤통수 쪼갠다, 너?"

"아닙니다."

여전히 촌극을 펼치는 두 사람이다.

무린은 둘의 대화에 피식 웃고는 내성으로 들어섰다. 이미 전갈이 들어갔는지 어느새 무린의 가족이 와서 기다리고 있었다.

가장 먼저 보이는 건… 당연히 어머니였다.

그 어머님 뒤로 양옆에 무혜와 무월이 나란히 서 있었다. 그리고 어머님의 바로 옆에는 스승님이 계셨다.

려 아가씨도 보였다.

그 뒤로 비천대의 가족들이 나와 있었다.

'아…….'

그 때문에 무린은 속으로 탄성을 흘렸다. 동시에 발걸음도 더 이상 앞으로 나가지 못했다. 우뚝, 멈춰서 버렸다.

비천대의 가족들. 그 면면의 순식간에 파악이 됐다. 무미 건조한 얼굴들이… 많이 보였다. 무린을 환영하는 얼굴들이 아니었다.

왜? 하고 의문을 품지는 않았다.

이미 알고 있었다.

저들은… 원망하고 있는 것이다. 사랑하는 님, 기둥이던 아버지, 눈에 넣어도 아프지 않을 자식.

비천대도 가족이 있는 사람들이 있었다. 그리고 가정을 이룬 이들도 있었다. 무린의 소집은… 그들에게서 사랑하는 낭군이자 한 가정의 가장을 빼앗아간 게 된다. 이건 결코 부정할 수 없는 사실이었다.

하지만 언제까지고 서 있을 수는 없었다. 그에 무린은 천천히 발걸음을 뗐다. 어머니와 스승님의 중간으로 걸음을 옮겨 들어가 길을 열었다. 인사도 안한 배은망덕한 행동이라 할 수 있지만, 무린은 그것보다 이쪽이 더 중요하다 판단했다.

가족들의 앞에 선 무린은.

고개를 숙였다.

천천히, 아주 느리게 천천히 고개를 숙여 예를 올렸다. 그건 가장을 빼앗은 죄인으로서, 무린이 현재 할 수 있는 최선의 사죄였다.

무린의 허리는 다시 퍼질 줄을 몰랐다.

장내는 고요했다.

누구 하나 입을 열지 않았고, 그 어떤 이의 숨소리도 들리지 않았다. 그만큼 고요한 침묵이 장내를 장악하고 놔주지 않았다.

무린의 숙여진 허리는 그렇게 일다경 동안이나 퍼지지 않았다. 파르르. 바람이 쏘아져 와 장내를 쓸고 갔다. 그에 의복들이 흔들리면서 정적이 한 번 깨졌다.

정적이 한 번 깨지자, 연쇄로 깨지기 시작했다.

자박거리는 소리가 들리기 시작한 것이다. 그건 비천대원의 유족들이 등을 돌리고 각자의 집으로 돌아가면서 생긴 발걸음 소리였다.

모두가 떠나가서 소리가 더 이상 들리지 않자, 무린은 그제야 숙였던 허리를 세웠다. 감정이 차갑게 식어갔다.

저건 용서가 아니었다.

무시…….

용서할 수도 없고, 그렇다고 뭐라고 할 수 있는 존재가 아니라는 걸 알고 그냥 무시한 것이다.

가슴 속 앙금을 떨쳐 내지 않은 것이다. 서운? 그럴 리가. 저건 지극히 당연한 반응이었다. 무린이 신형을 돌려서 가장 먼저 바라본 이는 혜였다.

저들은 자신 때문에 모였지만, 저들을 실제로 불러 모으게 한 건 관평과 장팔, 그리고 둘의 마음을 움직여 버린 무혜였기 때문이다. 그래서 그 책임에서 무혜는 자유로울 수 없었

다. 무린만큼이나 책임을 느끼고 있을 것이다. 아니, 그래야
했다.

그래서 무혜의 표정은 지금 정말 좋지 않았다. 감정을 겉으
로 표현하는 무혜가 아님에도 굉장히 딱딱하게 굳어 있고, 하
얗게 질려 있는 게 너무나 잘 보였다. 그만큼 지금 상황에 심
적으로 압박을 받고 있다는 것을 무린은 혜의 얼굴을 보자마
자 알 수 있었다.

"잘했다."

정적을 깬 첫 목소리.

호연화의 목소리였다.

그녀는 무린의 행동을 잘했다고 했다.

"수장이라면 당연히 그래야 하지. 알면서도 안 하는 이들
이 수두룩하나, 내 아들은 그 안에 들지 않아 다행이구나."

"……."

무린은 그 말에 어떤 대답도 할 수 없었다.

그저 가만히 고개를 숙일 뿐이었다.

그런 무린에게 호연화가 다시금 말했다.

"들어가자. 같이 온 분들도 안으로 모시도록 해라."

"예."

호연화가 걸음을 옮기자 무린은 문인을 바라봤다. 문인은
그저 가볍게 고개만 끄덕였다. 무린은 그런 스승님에게 뒤늦

게 인사를 올렸다.

"되었다. 얘기는 이따 하자꾸나."

"예, 스승님."

이어 그렇게 말한 문인도 호연화의 뒤를 따라 안으로 들어
갔다. 무린은 두 분이 그렇게 자리를 비우자, 유족들이 간 길
을 가만히 바라봤다.

욱씬.

심장의 고동이 통증을 만들어냈다.

후우…….

돌아온 보금자리.

마음이 편치만은 않았다.

        *   *   *

무린의 거처는 성의 정상에 있었다. 휘황찬란한 거처는 아
니었다. 그저 다른 비천대원들의 가옥보다 조금 더 큰, 그런
가옥이었다. 다만 손님을 생각해서인지, 별채가 두어 채 더
있을 뿐이었다.

손님을 맞이하는 별채로 혜가 안내했고, 들어가자 방 안쪽
에 호연화와 문인이 나란히 자리 잡고 있었다.

무린이 앞에 앉자 문인의 먼저 말문을 열었다.

"고생했구나."

"아닙니다. 스승님."

"겸양 떨 필요 없다. 내가 고생한 건 여기 있는 모든 이들이 아는 사실이니."

"……"

무린은 그 말에 대답할 수 없었다. 그렇게 무린이 대답을 못 하자 문인은 가볍게 웃었다. 대견한 제자를 보는 웃음이었다.

"누구를 만나러 갔던 것이냐."

호연화가 이어 무린에게 물었다. 공적인 자리라 판단하셨는지 목소리에는 남궁가 대모에 어울리는 위엄이 서려 있었다.

"북원의 전신, 그리고 마녀를 만났습니다."

"전신? 마녀? 처음 너를 부른 게 마녀였더냐?"

"아닙니다. 그때의 부름은 북원의 전신이었습니다."

"음… 어떤 자였더냐."

"……"

무린은 북원의 전신이 어떤 자냐는 어머니의 질문에 금방 대답하지 못했다. 마땅한 설명 방법을 생각한 것이다. 두 사람은 무린을 재촉하지 않았다. 무린은 잠시 동안 생각한 뒤,

딱 적당한 단어를 찾았다.

"반도, 반도를 먹은 자였습니다."

"……."

"……."

무린의 말에 두 사람은 흠칫했다.

호연화의 눈동자엔 이해 못 한 기색이 들어섰고, 문인의 눈동자엔 불신이 들어섰다. 그럴 리가? 하는 표정이었다.

문인이 다시 말문을 열었다. 호연화는 둘의 대화에서 흐름을 따라가려는지, 입술을 꼭 닫고 있었다.

"그 서적의 내용이 잘못 적혀 있던 것이냐?"

"아닙니다. 서적의 내용은 진실이라 생각됩니다. 하지만 반도는 마녀가 먹은 게 아니고, 북원의 전신에게 건넸습니다. 그는… 마녀의 동생입니다."

"이 무슨… 그럼 마녀는. 마녀는 어떻게 지금까지 살아 있단 말이냐. 이치에 맞지 않다. 비상식의 반도를 대입해서 겨우 이해를 맞춰 놓았다. 하지만 네 말이 사실이라면 대체 어떻게 마녀의 존재를 설명할 수 있단 말인가."

문인의 말은 탄식이었다.

대학사인 그가, 반도라는 환상 속의 과실의 존재를 사실로 받아들여 겨우 마녀의 존재를 이해가 가능한 영역으로 끌어놓았다. 그런데 마녀가 반도를 먹은 게 아니라고 하니, 그로서도 결코 이해를 못 하는 것이다.

"애초에 불사였다 합니다. 마녀는… 태초부터 존재했습니다."

"……."

태초(太初).

이 세상, 천지가 시작된 가장 처음을 일컫는 단어. 문인이 모를 단어가 아니다. 그러나 안다고 그게 이해가 가는 것도 아니다.

애초에 불사.

존재 자체가 불사의 존재.

"믿을 수가 없구나……."

반도를 믿는 것도 사실 문인에게는 힘들었다. 그는 학사. 그것도 굉장히 현실적인 방향을 직시하는 학사다. 직접 보고, 겪고, 맞고, 듣고, 만져 느낀 것들을 믿었다. 오감으로 느끼는 정보들을 바탕으로 지식의 탑을 쌓았고, 그걸 사용했다. 그러니 반도라는 들어만 봤지, 겪지 못하고 두 눈에 담지 못한 존재 자체를 인정하는 것도 힘들었다. 그런데 이제는 태초에 태어나, 지금까지 살아 있는 존재가 있다 제자는 말하고 있었다.

솔직히 이걸 쉽게 믿는 것 자체가 이상한 일이었다. 하지만 그렇다고 안 믿을 수도 없었다. 왜? 자신의 제자인 무린이 허튼소리를 할 심성을 지니지 않았다는 걸 잘 알았기 때문이다. 제자도 확신이 섰으니 자신의 질문에 답했다.

문인은 그렇게 판단했다.

"북원의 전신에게 직접 들은 얘기입니다. 스승님. 그는 제자가 보기에 거짓을 얘기하고 있지 않았습니다."

"그래, 네가 그렇게 판단했다면 그 얘기는 사실이겠구나. 이런… 태초에 존재라. 진정한 의미의 불사라……. 학자로서 의욕이 솟는구나. 허허. 이거 참……."

문인은 완전히 믿을 수가 없었나 보다.

무린은 그걸 느꼈고, 별다른 부연 설명을 하지 않았다. 호연화가 이때 말문을 열었다. 반도의 얘기를 들으며 대화를 따라 잡았고, 궁금증이 생긴 것 같았다.

"그가 너를 만나러 온 이유는 무엇이더냐."

"비천신기 때문입니다."

"빈천신기… 마녀가 내게 준 힘 말이더냐?"

"예."

"빼앗으러 왔더냐. 지키러 왔더냐."

"후자입니다. 제가 지키지 못하면 아예 없애 버리려 했다고 말했습니다."

"그 말은… 북원의 전신은 마녀와 남매지간이면서, 서로 척을 지고 있다고 생각해도 되겠느냐?"

"예."

"이유를 말해 보거라."

대화는 쭉쭉 진행됐다.

"누님의 행동이 용서 받지 못할 일이며, 그걸 알고 있으니 막으려 한다고 했습니다."

"맞는 말이다. 용서 될 일이 아니지. 마녀의 최종 목적은 무엇이냐. 단계별로 있더냐?"

"첫째는 무의 말살이요, 둘째는 문의 말살이요, 셋째는 세계의 말살입니다."

"세상의 멸망이라… 후우, 터무니없는 일이구나."

"……."

맞다.

정말 터무니없는 일이다. 인류의 역사가 시작된 이래 각 나라가 세워지고 오직 이 땅에 한 가지 색의 깃발을 꼽기 위해 짧게는 수년, 길게는 수십 년 동안 전쟁이 계속해서 이어져 왔다. 평화도 마찬가지다.

짧은 평화, 긴 평화가 있었을 뿐이다.

영원이란 단어를 달았던 평화는 없었다. 언제나 전쟁은 일어났고, 땅의 주인이 뒤바뀔 계속해서 반복해 왔다.

그건 강호도 마찬가지다. 강호의 역사에도 정도의 기치가 우뚝 섰을 때도, 마도의 기치가 우뚝 섰을 때도 있었다.

그 기치의 장기 집권은 있었지만, 영원한 집권은 없었다. 강호의 역사도 정과 마가 대립하며 어느 한쪽이 우세했다가, 수세에 몰렸다가를 반복했다.

그건 앞서 말했듯이 인류의 시작 아래 결코 변하지 않았던 일이다. 그리고 또 변하지 않는 게 있었으니, 이 두 가지 사실은 전부 땅의 주인이 되길 원했기에 벌어진 일이다. 명예욕이나 권력욕 등을 바탕으로 오직 자신, 자신이 이끄는 세가 이끄는 깃발이 최정상에 우뚝 꽂히길 원해서 벌어진 전쟁들이다.

단연코, 세계 자체의 멸망을 원해서 벌어진 전쟁들이 아니다. 그런데 마녀는 최초로, 처음으로 세계 자체의 멸망을 바라고 전쟁을 일으키려고 한다.

"그렇게 해서 마녀가 얻는 게 무엇이냐. 혹시 그것도 들었느냐?"

"법칙을 비틀어서 차원을 열려고 한답니다."

"법칙을 비틀어서 차원을 연다?"

"저도 잘 모르겠습니다. 단지… 세상 자체를 비틀어 버린다고 했습니다. 그건 곧, 법칙이 아닌가 합니다."

"세상의 법칙이라……."

당연시되는 법칙들은 있다.

무린은 그걸 하나씩 읊었다.

"해가 뜨고 지고, 달이 뜨고 지고, 봄과 여름, 가을과 겨울… 바람이 불고 비가 내리고, 인간이 땅을 걷고… 작물은 해의 빛과 땅의 정기를 먹고 자라고, 밤이 되면 자고."

"음……."

침음이 흘렀다.

무린은 계속해서 말을 이었다.

"사람의 팔다리는 두 개이고, 다리는 걷고 손으로는 원하는 것을 만들며 부수고, 공기는 어디에나 존재하며 코와 입으로 쉬고, 눈으로 앞을 보고, 귀로 듣고, 피부로 느끼고, 혀로 맛을 보며……."

"그만… 하거라."

"예."

전부 알아들었을 것이다.

세계의 법칙을 송두리째 뒤바꿔 버리면 어떤 일이 벌어질지.

"말도 안 되는 소리다. 그건 곧 근원을 비튼다는 소리인데… 그것이 가능할 리가 없다."

문인의 말이었다.

그는 학자.

세상의 법칙은 절대불가의 법칙이다.

이는 결단코 바뀌어서는 안 된다.

아주 간단하게.

천지가 뒤집히면?

볼 것도 없다.

세상의 멸망이다.

"하지만 마녀는 가능한 일입니다. 물론 쉽지 않아… 지금까지 준비를 했을 것이고. 이제… 때가 되었습니다. 비천신기의 준비가 어쩌면 마지막 준비가 아닐까 싶습니다."

"그래서 때가 되었다……? 마녀의 만남은 그 시작을 알리기 위한 것이냐?"

"들기로는 그렇게 들었습니다만… 제자는 마녀가 그런 것을 알리기 위해 굳이 찾아왔다는 것을 믿을 수가 없습니다."

"그렇겠지. 나도 믿을 수가 없구나."

무린도 믿을 수가 없기는 마찬가지다. 하지만 안 믿을 수가 없었다. 그렇게 생각하지 않으면, 그 어떤 것도 믿을 수가 없었기 때문이다.

비상식, 그놈의 비상식…….

"찾아온 이유가 있을 것이다."

"생각해 봤지만… 그 이유까지는 제자도 모르겠습니다. 대화는 있었지만, 거기서 유추해 낼 단서가 없습니다."

"비천신기."

"……."

"어쩌면 눈으로 확인하고 싶었는지도 모른다. 네 경지를."

"……."

문인의 날카로운 눈빛과 말에 무린은 말문이 턱 막혔다. 여태껏 괴롭혔던, 지금도 사실 심적으로 부담을 주는 비천신기는 무린에게 상당한 압박감을 이 자리서 바로 선사했다. 무린의 얼굴이 굳자, 듣고 있던 호연화의 눈초리가 순식간에 매서워졌다.

"정신 차리거라."

"예……."

"말꼬리도 늘리지 말고."

"예."

"이 어미가 너를 그리 가르쳤더냐. 이십 년 세월을 널 보고 싶어도 참아 왔던 이 어미의 마음을 배신할 생각이더냐."

"아닙니다."

호연화의 말은 매서웠다.

무린이 흔들리자, 호통도 아닌 묵직한 목소리에 위엄을 가득 실어 무린을 나무랐다. 그 말은 날카로웠다. 가슴을 푹 파고 들어와 무린이 느끼던 압박감을 갈가리 찢어버렸다. 그리고 뚫린 구멍으로 강제로 빠져나가게 만들었다.

즉, 정신이 번쩍 들었다는 소리다.

"너는 대주다. 일대를 이끄는 대주. 이미 너를 위해 희생한 이들이 있다. 그들의 죽음을 헛되이 만들 생각이더냐."

"아닙니다."

"보는 눈이 많아 회초리를 들려다 참았다. 다음부터는 그런 모습 보이는 일 없도록 하거라."

"예."

호연화는 가차 없었다.

그렇게 사람들이 많은데도 무린을 가차 없이 혼냈다. 그런데도 위화감이 정말 하나도 없었다.

삐질.

무린은 귀 옆으로 한줄기 식은땀이 흐르는 걸 느꼈다. 어머니의 성격상, 분명 저리 말했으면 다음엔 진짜 들 것이다. 하지만 그래서 오히려 안심하는 마음도 생겼다. 변하신 것이 정말 하나도 없었다.

그 옛날, 몸이 안 좋았어도 창백한 얼굴로 마루에 앉아 혼내던 그 모습과 하나도 변하지 않았다.

"저기……."

그때 끼어드는 작은 목소리.

무린은 시선을 돌리지 않았다. 하지만 무린의 앞에 있던 호연화와 문인은 시선을 돌려 목소리의 주인공을 바라봤다.

이목이 집중되자 작게 헤헤, 하고 웃은 소향이 다시 입술을 열었다.

"저도 말 좀 해도 될까요……?"

무겁던 분위기가 파삭! 하고 깨져 나갔다.

소향은 무릎을 세워 쪼르르 무린의 옆으로 다가왔다.

무린과 사람 하나 들어갈 공간을 두고 다시 앉은 소향. 그녀가 싱긋 웃자 호연화와 문인도 입가에 미소를 그렸다.

세 사람은 구면이었다.

딸 같은 소향이 웃자, 자연스레 웃음을 지은 것이다. 후우, 그걸 보며 속으로 무린은 소향에게 감사의 인사를 건넸다.

'고맙다. 소향……'

무린은 대화의 주인공 바뀌자 뒤로 슬쩍 물러났다.

자연스레 물러나는 무린에게 호연화의 시선이 팍 하고 가서 꽂혔다.

"어딜 가니. 아직 얘기 안 끝났으니 기다리거라."

"예."

무린은 그대로 멈출 수밖에 없었다. 어머니는 역시, 빈틈이 없었다.

＊　　　＊　　　＊

해가 완전히 지는 유시 말이 되어서야 대화는 끝났다.

밖으로 나온 무린은 대기하고 있던 장팔을 대동하고 바로 집을 나섰다.

"애들은?"

"경계조, 순찰조, 대기조를 뺀 나머지는 수련 중에 있습니다."

"성취는 어떻지? 일류를 만드는 건 그리 어렵지 않을 텐데."

"다들 일류의 구성은 끝났습니다. 다만 본신 내력과의 합일이 조금 힘들다고들 합니다."

"일류는 그 본연의 내력을 바탕으로 구성되니까 알아서 합일될 거다. 그러니 강제로 합칠 생각은 하지 말라고 전해. 그리고 일단 만들어지면, 그 이후부터는 빠르게 성장할 것이고."

"네, 알겠습니다."

"정보는? 운삼에게 온 정보는 없나?"

"있습니다."

"어디에 있지?"

"비천대 관사에 있습니다. 아직 개봉은 하지 않았습니다."

"부대주들 모이라고 해. 백면이랑 노사님은 빼고."

"네!"

삐익!

장팔이 손으로 입술을 슬쩍 말아 휘파람을 부니 뒤따르던 비천대원이 순식간에 다가왔다. 부대주 소집, 하고 짧은 명령에 충, 하고 바로 사라졌다. 장팔은 가지 않고 무린을 안내했다. 비천대의 관사는 외성에 있었다.

내성문을 다시 나와 이 층 구조로 이루어진 관사로 안내하는 장팔. 관사는 말 그대로 그냥 관사였다.

일 층은 끝에 단상을 빼고는 텅 비어 있었다. 장팔은 무린을 이 층으로 안내했다. 이 층으로 올라가자 기다란 식탁. 나무의자가 주르륵 놓여 있었다. 정말 휑했다. 그 어떤 치장도 없는, 말 그대로 관사였다.

무린이 상석에 앉자 장팔이 바로 운삼이 보낸 편지를 건넸다. 바로 뜯어 읽기 시작하는 무린. 안부는 없고, 그저 천하각지의 상황만이 일목요연하게 적혀 있었다.

"으음……."

내용은 심각했다.

읽는 무린의 입에서 저절로 침음이 흘러나올 정도였다.

특히 신강, 서장, 청해 쪽에서 일어난 여덟 거대 문파의 개파(開派) 정보는 인상을 절로 찌푸리게 만들었다.

개파라는 것은 문파를 새로 연다는 것.

그렇다면 그리 크지도 않은 인원으로 시작하는 게 보통이다. 그런데 이 여덟 개 문파의 문도 수는 어마어마했다.

각 파당 오백.

여덟 개의 문파니 무려 사천의 무인이다.

게다가 분위기도 심상치 않습니다.

몰래 첩자를 보내 살펴봤는데, 문을 지키는 수문무사조차 범상치 않다고 합니다. 최소에 최소로 잡아도 일류의 끝으로 파악된다고 하니 그 문 뒤의 무인들은 어느 정도 수준인지 정말 짐작조차 가지 않습니다.

아직 확실한 건 아니지만 대대적인 조사가 필요할 것 같습니다.

그 소식 뒤, 운삼이 쓴 편지의 내용이었다.

수문무사의 무력이 일류급이라면, 그 담 너머의 수준은 정말 안 봐도 뻔했다. 아, 물론 수문무사만 그 정도 수준일수도 있었다. 일종의 허세. 하지만 지금 이 시기에, 마녀가 때가 되었다고 얘기한 지 얼마 안 되는 시점인지라 그럴 가능성은 없다고 무린은 판단했다. 그 너머는 분명 엄청날 것이다.

"미치겠군."

일류로만 잡아보자.

그 수는 사천.

어마어마한 전력이다.

거기서 열 중에 하나만 절정이라고 잡는다면? 상상조차 싫다. 그저 끔찍할 뿐이었다. 하지만 더 문제는… 무린은 안다.

결코 저게 전부가 아니라는 것을. 마녀가 신강, 서장, 청해…
이 세 지역에만 세(勢)를 구축했을 리가 없었다.

분명, 중원 땅 전체에 퍼져 있을 것이다.

그렇다면 이곳 산동도 마찬가지다.

"드러내지 않을 뿐."

분명히 있을 것이다.

턱밑의 비수만큼 위협적인 암기도 없다. 그것도 드러내지
않고, 고요히 자리만 지키고 있는 비수는 정말로 위험하다.
자리를 지키고 있다는 사실 자체가 들키지 않았다는 뜻이기
때문이다.

그러니 언제든지 움직여 턱을 관통해 버릴 수 있다. 무린은
가장 첫 번째로 이 숨겨진 비수를 찾는 게 먼저라 생각했다.

'안 그러면 이곳과 제갈세가. 둘 다 위험해.'

위험은 먼저 제거하는 게 정석이다.

하나둘씩 비천대의 조장들이 들어섰다. 그들이 각자의 자
리에 앉자 무린은 말없이 운삼에게서 온 서신을 건넸다.

일다경에 걸쳐 전 조장들이 서신을 다 읽자, 그때서야 무린
은 말문을 열었다.

"시기가 왔다."

무슨 시기인지는 말하지 않아도 모두가 알 것이다. 그래서
무거운 침묵이 순식간에 관사 안을 휘감았다.

으음… 하고 침음 또한 흘러나왔다.

"확실한 겁니까……?"

장팔의 질문이었다.

무린은 고개를 끄덕여 그 질문에 답하고, 재차 입을 열었다.

"마녀를 만났다. 소향이 마녀의 계략에 빠져 선공을 취하고 말았어. 그걸로 한명운 선생이 목숨으로 걸어두었던 약속이 깨졌어. 마녀는 그 부분을 설명했고, 선전포고를 하고 돌아갔다. 언제 어디에서 마녀의 세가 발발해도 결코 이상하지 않아. 운삼이 서신으로 적어 보낸 것처럼 신강, 청해, 서장의 세력은 마녀의 세력이라고 봐야 한다."

무린의 말은 조용했지만, 그만큼 무거웠다. 조장들을 바라보며 일일이 눈을 맞추고 하는지라 더욱 무거웠다. 말뿐만이 아닌, 눈빛에도 무린의 전언이 담겨 있었다. 각오하라. 정말 만만치 않을 것이다. 이렇게 말하고 있었다.

하아…….

깊은 한숨을 쉬고.

"이거 지랄인데? 킬킬."

갈충이 아주 솔직하게 소감을 밝혔다. 문제가 있다는 것을 돌려 말하고 있었다. 무린도 그 문제가 뭔지는 알고 있었다.

제종도 눈살을 잔뜩 찌푸리고 갈충의 말을 받았다.

"얘들 피로가 상당한데… 지금까지 제대로 쉬지도 못했고, 여기 와서 바로 수련에 들어갔어. 정신적으로 한계는 아니지만 분명 지쳐 있을 거야. 당장 전투가 벌어진다면… 분명 누적된 피로가 발목을 잡겠지."

"하지만 형님도 알다시피 지금 쉴 시간이 없습니다."

제종의 말을 장팔이 받았다. 장팔의 말도 틀린 말은 아니었다. 아니, 정답에 가까웠다. 비천대는 지금 쉴 시기가 아니었다. 조금이라도 더 성장해야 했다. 성장이 막힌 것도 아니기 때문에 노력한 만큼 보상을 받을 수 있을 것이다.

삼륜공.

그 공부는 본래 나이를 따지지 않고, 내력의 양과 노력 여하에 따라 그 성취가 결정되니 말이다.

그러니까 쉴 수가 없었다.

진신무력의 성장은, 결국 생존 확률을 올려주니까. 그걸 생각하면 지금 이 시기는 힘들어도 더욱 몰아붙여야 하는 시기였다.

그러나 제종의 말도 맞다.

그의 말도 정답이다. 지나친 고련은 오히려 심신을 파괴한다. 정말 재수 없으면 주화입마에 빠질 수도 있었다. 이성의 붕괴, 내력의 폭주. 이 두 가지 결과가 나오는 순간 치료 방법은 딱 하나로 좁혀진다.

제압.

그것도 단순한 육체적 제압이 아닌 목숨, 그 자체의 제압이다.

즉, 죽여야 한다는 것이다.

주화입마가 오지 않더라도 쌓여 있는 피로는 정말 무서운 독이 될 것이다. 그중 독이 가장 무섭게 작용하는 상황은 전투 시, 선택 장애를 일으키는 것이다. 순간적인 선택에 아주 잠깐이라도 제동이 걸리는 순간 죽는 상황. 그런 상황은 앞으로 비천대가 수도 없이 겪을 것이다.

누적된 피로 독은 재앙이나 다름없었다.

무린도 이 부분은 제대로 파악하고 있는 부분이었다. 그러나 둘 다 포기할 수가 없었다. 그렇다고 두 가지를 섞어, 대충할 수도 없었다.

어중간한 건 차라리 안 하니만 못하다고 생각하는 무린이었다. 이는 비천대 조장들도 동의하는 부분이었다. 나아가 비천대 전체가 동의하는 부분이다. 그러니 군말 없이 수련에 임하고 있다. 그렇게 생사를 넘나드는 전장을 겪고 이제야 찾아온 짧은 평화를 얻은 지금 이 순간에도 말이다.

휴식과 강행.

무린은 결정을 내려야 했다.

휴식을 취할 거면 제대로 취해야 한다.

정말 아무것도 하지 않고 체력과 정신력을 가득 채우고, 피로는 말끔히 날려 버려야 한다. 하지만 이게 며칠 쉰다고 풀리지 않는다. 수없이 많은 적의 목을 베었고, 어제 떠들던 동료들을 이름도 없는 황무지에 묻고 여기까지 왔다. 며칠 가지고 그런 정신적 피로가 풀릴 리가 없었다.

'최소로 잡아도 일주야는 필요해. 이것도 최소다. 길면 이삼 주는 걸려.'

이삼 주.

짧다면 짧고, 길 다면 긴 시간이다.

이 시간이 도움이 될까 안 될까? 된다. 무린은 된다고 무조건 확신할 수 있었다. 전장은 정말 아주 작은 차이로 목숨이 왔다 갔다 하는 곳이다. 이삼 주면 정말 충분히 그 작은 차이를 메울 수도 있다.

이게 생명을 구하는 구명줄이 될 수도 있다.

결정 났다.

"수련을 강행시켜. 대신 이류의 생성도 같이 시켜라. 일류의 성장과 이류의 생성을 오 할 비율로 나눠서 수련시켜. 이류가 생성되면 확실히 정신적 피로는 어느 정도 씻겨 나갈 것이다. 이류 자체의 공능이 정신을 지키는 것에 있으니."

"알겠습니다."

무린은 마구잡이로 밀어 붙이지 않았다. 아직 일류의 생성도 겨우 끝낸 비천대원도 있지만, 무린은 더 서두르기로 했다. 이륜이 생성되면 주화입마의 걱정도 상당히 덜 수 있을 것이다. 생성만 되면 정신적 피로는 충분히 감당이 가능할 것이다.

도박처럼 승부수는 아니다.

무린은 이게 차라리 나은 방법이라 생각했다.

"그리고 비천성의 경계는 최소로 하고, 태산을 기점으로 주변에 마녀의 세력이 없는지 조사한다. 예상이긴 하지만… 태산에는 분명히 있다. 드러나지 않았을 뿐이야. 장팔."

"네!"

"조를 꾸려. 내가 직접 대동하고 간다."

"대주가 직접 말이십니까?"

"그래, 기척을 완벽히 죽이는 특수한 기예를 익히고 있을 확률이 높다. 여기 있는 누가 가도 아마 못 찾을 거야. 그러니 내가 직접 간다."

무린은 태산에 분명 있을 것이라 판단했다.

없을 수가 없었다.

사람이 많은 곳은 찾기 힘들다.

그건 곧 숨기 정말 좋다는 뜻과 동일하다. 그러니 분명 태산에 마녀의 세력이 있을 것이다. 그리고 그 세력은 점조직처럼 뿔뿔이 흩어져 있을 것이다. 좌판이나 노점상, 아주 작고 허름한 객잔의 점소이, 마구간지기, 표국의 무사, 홍루나 청루의 기녀 등등. 전부 안심할 수가 없었다.

이 잡듯이 뒤지고 다닐 생각이었다.

하지만 말 그대로 이건 수색이다. 이 잡듯이 뒤지고 다닐 생각은 맞지만, 그렇다고 준비도 안 된 상태에서 벌집을 건드릴 생각은 없었다. 제대로 파악만 할 것이고, 그 후에는 비천대 본대가 전체 움직여 쓸어버릴 생각이었다.

"북방으로는 다시 안 가실 생각이십니까?"

태산이 물어왔다.

무린은 그 질문에 살짝 인상을 굳히며 대답했다.

"그래."

북방에 가서 무린은 꼭 할 일이 있었다.

천리안의 목과 암마군의 목을 따는 일이다. 하지만 그건 마녀에 의해 어쩔 수 없이 포기할 수밖에 없었다. 마녀의 선전포고는 모든 것을 멈추거나 뒤집어 버리기에 너무나 충분했다. 충분하다 못 해 넘칠 지경이었다.

"소향은 북원의 군세와 동맹을 맺을 생각이야. 그리고 그건 나도 말리지 않았다."

"……"

무린의 말에 삽시간에 좌중에 싸늘한 공기가 흐르기 시작했다. 북원의 군세. 이들에게는 철천지 원수나 다름없었다.

북방에서 그들을 상대하면서 대체 얼마나 많은 생사의 문턱을 넘나들었나.

실제 죽었어도 조금도 이상치 않을 전투를 수십 번씩이나 겪은 이들이 바로 비천대들이다. 그런데 그들과 동맹? 미치지 않은 이상… 그게 가능할 리가 없었다. 하지만 그렇다고 막을 수도 없었다.

여기 있는 모든 이들이 소향의 존재를 안다. 그녀는 군사다. 비천대의 군사가 아닌, 마녀에 대항하는 모든 세력의 군사다. 막을 수가 없었다. 그리고 조장들은 냉정하게 생각하면 그게 옳다는 것도 알고 있었다.

이성은 알고 있지만, 감성은 그걸 결코 용납하지 못하는 상황. 그런 상황이 북원의 군세와의 동맹이었다.

"용납해라. 같이 움직일 일은 어차피 없을 테니까. 하지만… 암마군. 그자는 놓치지 않아. 나는 결코 잊지 않는다. 그래서 내가 당장 찾아가서 죽이지는 않겠지만, 눈에 띄는 순간 죽인다. 그건 약속하지."

"킬킬… 그렇게 안 말하면 실망할 뻔했는데… 역시 대주가 눈치는 좋다니까? 킬킬킬!"

갈충의 음충한 웃음 섞인 말은 비천대 조장들의 심정을 전부 대변하는 말이었다. 그에 무린은 웃었다.

"왜, 내가 잊은 줄 알았나?"

"설마, 누구보다 이를 갈고 있는 게 대주일 텐데… 킬킬."

"맞아. 조금만 더 갈면 아마 이가 박살날 정도지. 걱정 마라. 반드시… 암마군의 목은 가져온다. 내 목숨이 떨어지기 전에."

무린은 다짐했다.

관평의 복수만큼은 반드시 하기로. 그리고 그건 자신의 생명이 다하기 전까지라는 제약도 걸었다.

이는 스스로에게 하는 다짐이기도 했다. 마녀에게… 당하기 전에 암마군을 처단하겠다는. 불안감은 여전히 자라고 있었다. 무린 스스로도 그렇게 말해놓고, 속으로는 아차 싶었다.

'정신 차리자.'

표가 나지 않게 속으로 스스로를 책망하고는, 다시 말문을 열었다.

"오늘은 여기까지 하지."

회의를 끝내는 말이 나왔다.

조장들이 일어나 우르르 나가자 무린은 한숨을 내쉬었다. 그러고는 흠칫했다. 한숨. 갑갑하거나, 힘들거나, 무거운 짐을 지었을 때 나오는 본능적인 행동.

"미치겠군……."

그렇게 다짐하는데도 제어가 안 되고 있었다. 마녀가 무린에게 주는 압박감이, 무린이 현재 처한 상황이, 탈각을 이룬 무인의 정신 상태를 뒤흔들고 있었다.

저도 모르게 무린은 입술을 말아 씹었다.

그러다 안 되겠어서 자리에서 일어났다. 밖으로 나온 무린은 바로 신형을 날렸다. 달리는 무린의 시선 끝에는 검은 어둠이 있었다. 불빛이 비추지 않는 곳. 무린의 집보다 더 높은 곳에 위치한 산 정상이었다.

전경이 쉭쉭 지나갔다. 바람처럼 내달린 무린이 산 정상에 도착하는 데까지 걸린 시간은 반다경도 채 되지 않았다.

숲으로 들어오자 파스스, 바람에 나뭇가지가 떠는 소리밖에 들려오지 않았다. 뽀드득. 우거져서 그런 건지, 해가 요즘 안 떠서 그런 건지 이상하게도 산 정상의 작은 숲 바닥에는 눈이 쌓여 있었다.

잠깐 걷다 말고 무린은 잠깐 멈칫했다.

인기척이 느껴졌다. 누가 무린보다 먼저 이곳에 온 것이다. 무린은 움직일까, 말까 하다가 안으로 들어섰다.

조용히 다가서니, 정확히 숲 중앙에 있는 작은 제단에 가녀린 등을 가진 여인이 무릎을 꿇고 기도를 올리고 있었다. 무린은 보는 순간 그녀가 누구인지 알 수 있었다.

려 아가씨였다.

무린은 다가서지 않았다.

한쪽에서 조용히 그녀의 기도를 보았다. 육성으로 소원을 뱉어내지 않고, 그저 속으로 비는 기도. 그녀의 기도는 그랬다. 행동 하나하나에 정성이 가득 넘쳤다. 어떤 기도일까? 무슨 기도일까?

무린은 알 수 있을 것 같았다.

분명… 자신과 연관된 기도일 것 같았다. 그렇다면 그녀가 비는 소원은 정말 몇 개 없을 것이다.

'목숨……'

바꿔 말하면 생존.

자신의 생존을 보살펴 달라는 기도라는 걸 무린은 알 수 있었다. 지극정성이라 했다. 그녀의 지금 행동이 그랬다. 정말 뭐 하나 해준 것도 없고, 제대로 대화도 나누지 못했다.

'이렇게 나는… 약해졌었나? 주변에 걱정을 심어줬었나?'

대체… 언제부터?

무린은 자신의 모습이, 지금 정말 정상이 아니라는 것을 깨달았다. 그녀가 저리 빌고 있는 건 자신의 모습에서 불안감을 포착했기 때문이라고 생각했다. 그건 곧 자신이 제대로 믿음을 주지 못했다는 뜻.

이건 정말 반성해야 하는 일이었다.

그녀는 기도가 끝났는지, 마지막으로 깊게 허리를 숙여 보이고 제단에서 멀어져갔다. 뽀드득, 사박사박 소리를 내면서 그녀가 사라지자 무린은 가만히 제단으로 다가갔다.

그녀가 서 있던 자리에 가는 무린.

폭폭 파인 눈들이 보였다.

무린은 목석처럼 굳어서 한동안 움직이지 못했다.

＊　　　＊　　　＊

다음 날, 무린은 아침을 먹고 바로 태산으로 갈 채비를 꾸렸다. 채비라고 해봐야 별것 없었다. 비천흑룡. 그게 전부였다.

"다녀오겠습니다."

"그래."

무린은 어머니에게 인사를 올리고, 바로 장팔을 포함한 태산과 윤복, 그리고 김연호와 연경을 데리고 외성을 향해 내려갔다.

비천대원들은 동원하지 않았다.

그들은 오직 수련에 매진하게 했다. 지금 그들은 조금이라도 더 성취를 올려야 하는 때라 생각했다.

외성을 벗어나니 소향이 보였다. 더불어 그녀의 일행도 보였다. 모두 복장이 허름했다. 어제 입었던 도복, 무복 등은 전부 벗어버리고 각각 위장을 했다. 그러나 그건 무린 일행도 마찬가지였다.

무인처럼 행동하면 당연히 걸린다. 염탐에 변장은 필수였다.

"저희가 중앙에서부터 반을 맡을게요. 오라버니가 나머지 반, 남쪽을 맡아주세요."

"그러지."

"그럼, 먼저 출발할게요."

소향은 그렇게 말하고 검란 소저의 품에 안겨 바로 사라졌다. 그들은 정말 바람처럼 사라졌다. 한 명 한 명이 자신에 비해 그리 떨어지지 않는 경지다. 비천대와는 격이 다를 수밖에 없었다.

"들었지? 우린 남쪽인 청루, 홍루, 그리고 시전 쪽을 중심으로 돈다."

"네."

"내가 먼저 출발할 테니까 뒤따라 와라. 거리 유지하는 것 잊지 말고."

"네!"

무린은 다섯 사람의 대답을 듣고 바로 몸을 날렸다. 성문을 나서는 순간, 무린의 비천신기가 잠에서 깼다.

기잉! 하고 돌기 시작하면서 기감의 영역도 같이 확장되기 시작했다. 이윽고 초감각에 접속, 그 자신을 중심으로 주변을 낱낱이 조사, 파악해서 그 정보를 다시 무린에게 전달했다. 무린이 시작부터 이러는 이유는 하나다.

이곳, 이미 마녀에게 파악됐을 확률이 구 할 이상이다. 그러니 어쩌면 이미 비천성을 주목하는 마녀의 부하가 있을 수도 있었다.

'일단은……'

주변에는 없었다.

무린이 파악하지 못하는 것일 수도 있지만, 그러려면 흑영 정도 수준은 되어야 한다.

흑영도 무린이 초감각에 접속하면 느낄 수 있었다. 초감각으로 넓혀진 기감에도 잡히지 않았다는 것은 아직은 주변에 이목이 없다는 뜻으로 봐야 했다.

순식간에 비천성을 벗어난 무린이 신형을 멈췄다. 저 멀리 벌써 현에서 나오는, 혹은 들어가는 사람들이 보였다. 큰 길가로 갈수록 상단의 행렬, 표국의 행렬이 점점 더 많이 보였다.

그들 모두가 태산을 떠나거나, 혹은 태산에 들어서는 이들이다.

무린은 그 행렬 사이로 자연스럽게 끼어들었다. 태산에 가까워질수록 행렬의 속도는 점차 늦어졌다. 입구에서 하는 관병의 검사 때문이었다.

무린은 청각을 활짝 열었다.

정보는 사람들에게서 만들어지고, 조합되어 떠돌아다닌다. 그런 정보들은 대화의 형식에 끼여 천 리를 가기도 한다.

앞과 뒤, 들어가고 나가는 사람들. 그들의 대화 소리가 무린의 청각에 잡혀 쏙쏙 들어왔다.

자네 그거 들었나?

이런 얘기로 시작해서.

그게 참말인가? 정말 대호문에 몰살당했단 말인가?

아 쉿! 조심하게! 잘못하면 괜히 끌려가 고초를 당할지도 모르네! 왜, 그거 있잖은가. 대호문 며느리가 조정 대신의 딸이라던 얘기.

어헙!

그러니까 어디 가서 함부로 떠들고 다니지 말게. 알았나?

알겠네! 내 요 입 바느질해서 꼭꼭 닫고 살겠네!

이렇게 끝나는 얘기도 있었고,

서장에 신비검문이 개파했다는데, 가서 도장 깨기라도 해

볼까? 킬킬!

오호! 듣기로는 여자 문도만 받는다고 했던 것 같은데… 흐흐. 그거 좋구만.

그럼 태산에 들렀다가 서장으로 가는 걸로 하지. 킬킬!

랍살까지 얼마나 걸렸지? 흐흐, 이거 가는 동안… 해구신이라도 하나 사 먹어야겠구만. 흐흐흐!

이런 얘기도 있었다.

무린은 가장 이목을 잡아당긴 이 이야기를 놓치지 않았다. 대호문의 몰살. 무린도 들어봤다.

'하남 림주의 중소문파. 문주는 최소 일류의 끝. 하루 만에 몰살……'

이건 조사해 볼 가지가 있었다.

아니, 반드시 조사해야 할 이야기였다. 등골을 타고 소름이 쫙 내달렸다. 저 대화가 진짜라면, 저건 정보이자 증거다. 마녀의 세력이 일으킨 혈겁이 확실하다는 정보이자 증거 말이다.

'그리고 서장의 신비검문. 이건 운삼이 보내준 서신에 적혀 있던 세력이다. 확실해.'

이미 이곳까지 소문이 날아왔다.

그렇다는 건 예전에 이미 개파했다는 뜻이다. 못해도 한 달이전. 개파는 하고 움직이지는 않는다.

왜?

'마녀의 직접적 명령이 떨어지기 전. 떨어지면… 움직이겠지.'

주변을 아주 초토화시키면서.

'움직임을 시작하면 첫 번째는 포달랍궁을 공격하겠지. 막을 수 있을까? 하필이면 랍살에서……'

개파는 그곳에서 했다.

왜 척박하다고 해도 부족할 서장에서 개파했는지는 모른다. 그것도 여인들로 이루어진 검문이. 이유가 있다면 이목을 숨기기 좋다는 것… 정도?

포달랍궁은 마도육가의 일원이다.

그렇게 쉽게 무너지지는 않겠지만… 버텨줄 것 같지도 않았다. 게다가 그들은 턱밑의 비수같은 존재다.

공존은 애초에 안중에도 없게 키워진 여인들일 것이다.

마음은 존재할까?

무린은 고개가 바로 저어졌다.

어떤 방식이든, 마녀의 특이한 공부 중 하나가 전수되었을 것이다.

지금까지 숨어 있었다면… 포달랍궁이 그 신비검문의 목적을 파악하는 건 불가능에 가깝다고 느껴졌다.

'전해야 하나……? 아니, 늦어. 여기서 서장까지 서신을 보내도… 도착하기까지 마녀가 가만히 있을 리가 없어.'

비인과 군벌, 혈사대, 원총은 마녀의 세다. 그건 확실하다. 개방의 장무개 장로가 그랬으니까. 그럼 포달랍궁은? 아닐 가능성이 있다. 힘이 될 가능성도 있다. 북원의 군세나 구양가처럼 직접적인 악연은 없었다. 정마대전을 발발시킨 마도육가의 일원이지만, 포달랍궁은 분명 힘이 된다.

'소향은 북원의 군세와도 동맹을 맺으려 하고 있지. 알리는 게 나아. 하지만… 분명히 늦을 거야.'

포달랍궁은 포기?

그럴 수 있을 리가.

일단 무린은 이러한 사실을 소향에게 전달해야 한다고 생각했다. 그녀라면 확실한 결정을 내려줄 테니까.

그렇게 생각하는 동안 어느새 무린 차례가 됐다.

말없이 증명패를 내밀었다.

힐끔.

"통과."

무린의 이름을 보고도 그저 가볍게 통과, 이렇게 소리친다. 패를 돌려받고 그와 스쳐 지나가는 순간, 무린은 등골을 벼락 같은 감각이 훑고 지나가는 걸 느꼈다. 그게 무슨 감각인지는 오래 생각지 않아도 바로 나왔다.

'이자……'

굉장하다.

그걸 깨닫고도 무린의 발걸음은 앞으로 계속해서 걸어가고 있었다. 멈칫하지도 않고 아주 평온하게 들어왔다.

태산현 안으로 들어오자 뿔뿔이 흩어지는 인파 속에 무린도 섞여들었다. 그리고 어느 정도 들어가서 잠시 멈췄다.

'시작부터……'

찾았다.

확실히 탈각을 이루고 감각을 곤두세우고 있었더니 예전에는 못 느꼈던 것들이 느껴졌다. 찰나간이지만, 무린은 그게절대 자신이 잘못 느낀 게 아니라고 생각했다.

관병이었다.

얼굴을 잘 기억하는 무린이다. 아주 예전에 태산에 처음 둥지를 틀 때도 봤었던 관병이었다.

무린이 무관에 왔을 때도 조사 목적으로 두어 차례 방문했던 적이 있던 관병이었다.

평범한 관복과 나무창을 들고 있어 그때는 그냥 무시했다. 그러나 지금 보니… 저 나무 창, 저자가 마음만 먹으면 태산에 있는 모든 무관과 문파를 지워 버리고도 남을 살벌한 무기였다.

물론 그의 손에 들려 있어야 한다는 전제 조건이 있지만,

그래도 소름이 끼쳤다.

'이렇게 깊게 파고들었어? 관병이 마녀의 세라면… 그 위도 있겠어. 조정대신에 있어도 전혀 이상치 않아. 황제폐하는 안전한가? 환관이나 승상이 만약 마녀의 세라면……?

마구마구 뻗어나간다.

상황이 진짜 무섭다는 걸, 실질적으로 느끼는 순간이었다.

스윽.

무린의 시선이 오가는 모든 이들을 쓸고 지나갔다.

이미 한차례 숨어 있는 마녀의 세를 보고나니, 모든 게 의심스러웠다. 걸음걸이, 숨 쉬는 방법, 손등, 손바닥 등등. 무인이라면 필연적으로 몸에 배었을 습관, 흉터들을 살피게 됐다. 의식은 당연히 초감각에 벌써 접속을 해버렸다.

세계의 시간이 아주 촌각 정도 늦게 흐르기 시작했다. 물속에 잠수했을 때나 느낄 부유감이 찾아왔다.

익숙지 않은 감각들이라 무린도 진땀을 흘렸다. 하지만 조금씩 익숙해지기 시작했다.

어느 정도 안정이 되자 무린은 걸음을 떼기 시작했다. 처음은 시전(市廛)이었다. 코끝으로 스며드는 흙냄새, 갈고리에 걸려 사방으로 풍겨대는 고기의 비릿한 냄새 등이 여과 없이 무린의 감각 속으로 스며들었다.

무린은 걸으면서도 필요 없는 정보들은 그대로 흘렸다. 무린은 기준을 정했다.

수없이 많은 이가 시전을 걷고 있었다. 그 수는 육안으로 파악이 불가능할 정도로 많았다. 이들 모두가 평범한 백성들이다.

이들이 기준점이다. 무린이 찾는 건 이들과 다른 이들, 위화감을 몸에 감싸고 있는 이들.

그들이다.

그들은 분명⋯ 무공을 숨긴 이들일 것이라 판단했다.

점포 하나하나를 지날 때마다 무린은 그 가게 주인, 점원까지 전부 시선에 담았다가 뗐다. 잠시 살펴보는 걸로도 충분했다.

똑같나, 똑같지 않나. 기준점이 있으니 그 기준에 부합하면 넘어간다. 틀리면 당장 멈춰 다시 보면 될 뿐이다.

그렇게 일다경.

걸음걸이는 주변을 살펴보는지라 느릴 수밖에 없었다. 그러다가 무린은 만났다. 좌판에 소채 몇 더미를 올려놓고 파는 노파.

허리도 잔뜩 굽었고, 얼굴에 검버섯도 엄청났다. 그러니 노파라는 표현이 매우 어울렸다. 하지만 무린은 그쪽으로 가기 전, 걸음을 멈출 수밖에 없었다.

느껴지고 있었다.

위화감이……
그리고 경고가 뒤따라왔다.

자리를 피해라.
지금 당장……!

육감이 보내오는 경고는 거의 발악에 가까웠다.

第百八十四章 소수(素手)

　걸음이 떨어지는 걸 본능이 막고 있었고, 무린은 그 본능을 거부하지 않았다. 뒤로 한 발자국 일단 물러나는 무린. 잔뜩 등이 굽은 노파는 그냥 고개를 푹 수그리고 있었다. 다른 장사치들처럼 호객행위는 일절 하지 않았다. 지나가던 주민이 얼마예요? 하고 물어도 손가락만 쭈뼛쭈뼛 펴서 대답할 뿐, 고개조차 들지 않았다. 그 모습은 불친질보나는, 말할 기력도 없어 손으로 답을 하는 것처럼 보였다.

　그만큼 자연스러웠다.

　물론 그건 일반 백성들의 시점에서였다. 무린은 위화감을 정확히 짚었다. 그게 걸음이 떨어지는 걸 막고 있었다.

사이한 기운? 요사스러운 기운? 그런 기운은 일절 느껴지지 않았다. 오히려 그 반대였다. 아무것도 느껴지지 않았다.

농담이 아니라, 정말 아무것도… 아무것도 느껴지지 않았다. 그게 위화감의 원인이었다. 무린의 초감각으로도 아무것도 느껴지지 않는다? 그건 있을 수 없는 일이다.

인간이라면 필연적으로 기운을 가지고 있어야 한다. 그건 선천지기라고 해도 좋고, 혹은 본연의 기세라고 해도 좋다.

어둡거나, 밝거나.

그런 양분되는 기세는 반드시 나와야 한다. 그런데 저 노파는 아무것도 느껴지지 않았다. 공허(空虛), 허무(虛無), 그 어떤 단어를 갖다 붙여도 전혀 이상하지 않았다.

'걸렸어……'

무린이 느끼지 못한다는 사실은 또 다른 사실을 선물처럼 들고 왔다. 그건 바로 저 노파의 경지가 무린보다 높다는 사실이 담긴 선물이다.

무린은 일단 파악했다.

그럼 노파는?

무린을 놓쳤을까? 그럴 리가… 아니나 다를까. 노파의 수그려진 고개가 천천히 올라왔다. 매우 천천히 올라와서 아주 심장이 쫄깃해지는 긴장감을 무린에게 선사했다.

그 행동은 힘이 없어 고개도 겨우 들고 있는 것처럼 보였다. 그러니 당연히 아무도 신경 쓰지 않았다. 오직 무린만 우뚝 멈춰 서서 저도 모르게 허리 뒤쪽에 꼽아 놓은 비천과 흑룡을 잡아갈 뿐이었다.

그러자 곧바로 반응이 왔다.

[흘흘, 그러지 마시게.]

귓속으로 쭉 파고드는 목소리.

너무나 또렷하고 정정한 목소리였다. 겉으로 보이는 모습은 역시나 진실된 모습이 아니었다. 슬쩍, 하고 겉 외투를 펼쳐 보였다. 안감에 매달린 수실이 보였다. 찰랑거리는 그 수실의 개수는 여덟 개였다.

'수실? 팔결?'

번쩍 떠오르는 문파가 있었다.

개방.

[곧 찾아갈 터이니 가던 길 가시게. 흘흘.]

무린은 그 말에 다시금 걸음을 뗐다. 긴장감이 순식간에 사르르 사라졌다. 믿고 안 믿고 자시고 할 것도 없었다. 특히 붉은 수실이라면 장로보다도 윗줄이었다. 전에 심양에서 보았던 장무개도 이 노파에 비하면 부족하리라.

[아, 마영(馬影)표국으로는 가지 마시게. 득실득실할 터이니. 흘흘.]

끄덕.

다시금 들려온 그 전음에 무린은 고개만 끄덕이고 발걸음을 뗐다. 무린은 마영표국이 저 개방의 노파가 파악한 마녀의 세라는 걸 알았다. 궁금증이 일었지만, 가지 않는 게 낫다는 판단이 들었다.

'구파일방이 움직이고 있어. 분명 배화교와 석가장, 검문도 움직이고 있겠지.'

무린은 개방의 노파를 보고 바로 알 수 있었다.

구파와 일방, 그리고 배화교, 석가장과 검문이 움직이기 시작했다. 분명 소향이 마녀의 계략에 빠져 선공을 취한 뒤 연락을 한 게 분명했다. 개전 준비다. 하지만 적이 안 보이니, 먼저 수색에 나선 것이다.

저 노파는 태산을 맡은 이일 것이다. 그나저나 무린은 역시 구파일방은 다르다고 생각했다. 저 노파… 무린이 경지를 파악하지 못했다. 분명 굉장한 인물일 것이다.

'역시 강호……'

자신도 강하다.

그건 과한 자신감이 아니었다. 이 땅에 알려진 무인 중, 무린을 대적할 수 있는 무인이 과연 얼마나 될까? 정말 손에 꼽을 것이다. 그런 무린보다도 경지가 높다.

'개방에서 저 노파가 차지하는 비중은?'

생각해 봤다. 저 정도 무인을 구파가 수두룩하게 보유하고 있다면? 마녀대전을 생각하면 청신호다.

'하지만… 그러진 않겠지. 아마 극히 소수 중 하나.'

안타깝다.

그리고 더 안타까운 건…….

그래도 마녀 하나를 상대할 방법이 없다는 것이다. 시전을 거의 빠져나온 무린은 잠시 사거리 한 모퉁이를 차지하고 있는 노점 찻집의 빈자리에 앉았다.

"후우…….."

자리에 앉자마자 무거운 한숨이 흘러나왔다. 노파의 존재 때문에 너무 긴장했던 것이다. 그랬더니 정신적으로 좀 지쳐버렸다. 초감각의 유지도 정신적 피로에 한몫 단단히 했다. 차를 시킨 무린은 비천신기를 운용했다. 비천신기가 돌기 시작하자 욱신거리던 두통이 점차 사라졌다.

차가 나올 때쯤엔 말끔히 사라졌다.

신기는 역시 신기다.

두통이 사라지자 다시금 여유가 찾아왔다. 지나가는 행인들을 보던 무린은 어느새 다시 고요해져 있었다.

다시 살피기 시작한 것이다.

기준점은 이미 정했고, 그 기준으로 개방의 노파도 찾을 수 있었다. 설마, 노파보다도 기척을 숨기는데 능한 마녀의 세력이 있을 거란 생각은 하지 않았다. 그런 자가 있다면 그건 진짜 재앙이다. 무린은 잘해야 입구에서 보았던 관병 정도일 거라 예상했다.

'저자… 비슷해.'

지나가는 행인 중에, 등에 나무를 잔뜩 메고 가는 나무꾼이 보였다. 그러나 그자는 나무꾼이 아니었다. 관병과 비슷한 감각을 무린에게 선사해 주고 있었다.

볼 것도 없었다. 분명 마녀의 세력이었다. 초감각이 전달해 줬다. 한비담, 운검에게서 느낀 구파의 기운과는 확실히 다른, 어둡고 음습한 기운. 혹은 파괴적 기질이 느껴진다.

계속해서 행인들은 지나간다. 사거리니 사방에서 모여들고, 사방에서 들어와 지나쳐 간다. 무린은 그곳에서 일다경을 살폈다. 딱 차 한 잔 마실 시간이었다.

'열둘… 최소 절정인 이들이 열둘.'

그동안 무린이 마주친 이들의 수다. 관병을 제하고도 열둘. 깊숙하게 숨겼지만 초감각에 접속 중인 무린의 탐색을 벗어나지는 못했다.

하지만 찾은 무린은 그다지 기쁘지가 않다. 왜? 절정의 무인 열둘이다.

일류로 보이는 자들은 하나도 없었다. 전부 절정이다. 가장 강했던 자는 적어도 백면이나 남궁유청과 비교해도 결코 꿀리지 않아 보였다. 자신이야 상대가 가능하다. 하지만 한 손으로 수십 쌍의 손발을 막는 건 역시나 불가능하다. 무린 본인은 괜찮겠지만, 비천대는 결코 그렇지 않았다. 반드시 피해가 나올 것이다. 지금 무린이 찾은 열둘의 무인이랑 붙으면 말이다.

게다가 모두 일반 백성의 차림으로 태산에 잠복 중인 이들이다. 무린이니 찾았다. 그렇다면 적어도 무린 정도의 경지여야 찾는 게 가능할 것이다.

아니, 무린처럼 기감에 특히 민감한 이가 아니라면 탈각 이후 더 나아간 경지여야 가능했을지도 몰랐다.

은밀함이… 지독할 정도였다.

'이들이 오늘 당장 모여 제갈세가의 담을 넘으면……?'

아… 생각만 해도 끔찍했다.

금검대가 막을 수 있을까?

한천검 제갈명의 무력은 잘 알고 있었다. 그의 무력은 분명 나쁘지 않았다. 산동제일검. 어울리는 별호였고, 자리였다. 하지만… 저 열둘을 막지는 못한다. 게다가 저렇게 은밀하면, 찾아내는 것도 아마 힘들 것이다.

그러니 들어가서 목만 쓱싹쓱싹 따기 시작하면 대책이 정말 대책이 없었다.

'선제공격…….'

무린은 다시 생각했다. 기다리는 건 결코 상책이 아니다. 먼저 쳐서 잡는 게 가장 상책이었다. 이건 시간을 줄 틈 자체가 없는 일이었다. 몰랐으면 모를까, 이미 그 위험도를 충분히 겪어버렸다. 거기다 더욱 큰 문제는 저들이 끝이 아닐 거라는 부분에 있었다.

당장 찾은 게 저 정도지, 더 많을 것이다.

'두 배? 세 배? 그 이상일지도 몰라. 감을 잡을 수가 없다…….'

물론 전부가 절정지경의 무인은 아닐 것이다. 그건 진짜 재앙이다.

절정 무인 오십만 있어도… 까딱 잘못하면 제갈세가는 멸문이다. 정면승부라면 해볼 만하겠지만, 절정 무인 오십이 기습을 제대로 먹이면 천하의 제갈세가라도 무너져 내릴 것이다. 그렇다고 일류의 무인 기백이 무섭지 않은 것도 아니다.

결국 어느 쪽이든, 위협적인 건 마찬가지다.

무린은 식탁 위에 찻값을 내려놓고 일어섰다. 인파로 다시 섞여드는 무린. 무린은 마영표국의 깃발을 찾아봤다. 태산이 작은 현도 아닌지라, 보통 갈래 길이나 삼, 사거리에는 현의 대표 상점이나 표국, 상단의 이정표가 있었다.

'좌측은 빼고.'

왼쪽 길로 마영표국의 이정표가 있었다.

노파가 가지 말라고 했으니, 무린은 그냥 안 갈 생각이었다. 노파의 뜻을 무린은 이해했다. 가면 무린도 알아차리지만, 그들도 무린을 알아차릴 가능성이 높다. 그럼 전투가 벌어질 확률도 높다.

그러니 노파가 가지 말라 한 것이다.

정반대인 오른쪽 길로 걷는 무린. 시전이 끝나고 이번엔 상점가가 나타났다. 태산의 상점가는 두 곳으로, 이곳은 생필품을 주로 파는 곳으로 서민들이 많이 애용하는 곳이었다.

이 상점가를 빠져나가는 데 걸린 시간은 약 반 시진 정도였다. 길기도 길었지만, 무린이 정말 꼼꼼하게 주변을 살펴보고, 탐색하면서 걸었기 때문이다.

거리를 다 빠져나왔을 때 무린의 흑의는 땀으로 흠뻑 젖어 있었다. 초감각의 사용으로 인해 다시금 정신력 탈진이 온 것이다. 골이 지끈지끈 울렸지만 무린은 일단 벗어났다. 그리고 근처의 객잔으로 올랐다.

일 층은 만원이었다.

이 층도 만원이었다.

삼 층은 자리가 있었는데, 안내하는 점소이의 눈빛이 탐탁지 않아 보였다.

"어머, 혹시……?"

그때 들려오는 소리에 무린이 고개를 돌려 보니, 창가 자리에 중년의 여인 둘과 젊은 소저 둘이 앉아 있었다.

자신을 놀란 눈으로 보고 있는 미부인의 모습에 무린은 잠시 고개를 갸웃했다가, 아……! 하고 짧은 탄성과 함께 미부인을 떠올렸다.

제갈선혜.

예전 태산에 처음 왔을 때 만나봤던 제갈가의 여인이었다. 혼인을 태산에 있는 무관의 아들과 하는 바람에 제갈가와는 조금 멀어진 여인.

무린에게 호의를 보여줬던 미부인이었다. 제갈선혜의 눈동자에 반가움이 깃들어 있는 게 보였다. 자신이 누구인지도 알고 있을 것이다.

무린은 먼저 다가갔다.

"부인, 오랜만에 뵙습니다."

가볍게 먼저 인사를 올리자 제갈선혜도 일어나 무린의 인사를 받았다.

"저도 오랜만에 뵈어요. 호호, 딸아이가 오늘은 나가서 먹자 해서 나왔는데, 나오길 잘했군요. 호호."

"식사 중이신데 제가 방해한 게 아닌지 모르겠습니다."

"아니요, 이제 다 먹고 차를 기다리고 있는 참이니 괜찮아요. 혼자 오셨나요?"

"일행이 있습니다. 아직 오지 않아 앉을 자리를 찾던 중이었습니다."

"어머, 그러세요?"

"그런데 그다지 기본이 되어 있지 않은 곳 같아 다른 곳으로 가려합니다."

"점소이 때문에 그러세요?"

"예."

무린은 가감 없이 대답했다.

점소이는 무린이 삼 층에 오르자 복장만 보고 무시했다. 그런 대접을 굳이 받을 필요가 없는 무린이다. 그렇다고 점소이를 응징할 무린도 아니다. 그냥 다른 곳으로 가면 된다.

"이런… 범의 콧털을 건드려도 유분수지……. 호호!"

대충 예상했는지, 제갈선혜가 입을 가리고는 크게 웃었다. 그녀가 웃자 그녀의 딸로 보이는 젊은 여인이 툭툭 제갈선혜를 쳤고, 앞에 있는 두 여인도 제갈선혜를 나무랐다. 하지만 제갈선혜는 한참이나 웃고 나서야 멈췄다.

"아이고, 오늘 덕분에 시원하게 웃었네요. 어머, 일단 일행이 오기 전까지 잠시 이쪽으로 와요. 식사는 저희 자리에서 하시면 되겠네요. 일행이 오면 일어나드릴게요."

"아닙니다. 괜찮습니다."

어차피 나갈 생각이라 무린은 사양하려 했지만, 제갈선혜는 자리에 일어나면서까지 무린을 끌었다.

이목이 집중되기 시작했다. 부담스러운 건 아니고, 조심스러워졌다. 제갈선혜가 그때 작은 소리로 속삭였다.

"괜찮아요. 어차피 무제의 태산 귀환은 오늘 내로 소문이 나기 시작할 거예요. 이는 일장로님의 생각이니 걱정할 것 없으세요."

"아… 예."

들은 바는 없었지만, 제갈선혜가 군이 거짓말을 할 필요도 없었다. 무린이 툭 튀어나온 곳에 앉자 제갈선혜가 자신의 자리에 돌아가 앉았다.

"이분이 누군지 아니?"

"아니요. 누구신데요?"

제갈선혜가 딸로 보이는 여인에게 묻자, 고개를 도리도리 저으며 반문했다.

"당금 강호에 이름 높은 무인이신, 비천무제 진무린 대협이시란다."

"……."

제갈선혜의 조용한 말에, 순간 주변이 싸늘하게 식어가기 시작했다. 어느 곳이나 그렇듯, 높은 곳은 꼭 높은 사람을 받으려는 특성이 있었다. 이곳도 마찬가지였다. 태산현에서 나름 이름 좀 있는 사람들이 대부분이었다. 그러니 궁금했던 것이다.

제갈선혜. 제갈가의 여인이 굳이 자리를 권하는 저 사내가 누군지. 그러니 대화는 하면서도 귀는 무린이 있는 곳으로 열어두고 있었다.

"어, 어어……."

그녀의 딸은 무린을 보았다가, 다시 어머니인 제갈선혜를 보았다가, 다시 무린을 보았다가, 제갈선혜를 보았다가… 몇 번이나 그 행동을 반복했다. 믿지 못하는 것이다.

"이 어미가 거짓말하겠니?"

"아, 아니요… 와, 와! 진짜요?"

"그래. 일장로님의 제자이시기도 해. 그런데 연혜, 너 지금 뭐 하니? 인사는 안 드리니?"

"아!"

그녀의 말에 딸이 급히 일어나 무린에게 인사를 올렸다. 배분 차이 때문이다. 제갈선혜의 딸이니 제갈가와 무관하다고 할 수가 없었다.

그리고 무린은 문인의 제자다. 직계이자, 세가 내 가장 큰 어른에다가, 일장로인 문인이다. 배분은 하늘과 땅만큼 차이가 났다.

"괜찮습니다. 앉으십시오."

"아… 네……."

아직도 정신이 없어 보였다.

그런 그녀를 뒤로 하고 무린은 제갈선혜에게 물었다.

"아직 스승님에게 듣지 못했습니다. 제가 모르는 일이 벌어지고 있는지요."

"그럼요. 일장로님은 많은 준비를 해두셨어요. 무제의 귀환은 그 첫 번째예요. 저는 어제 따로 연락을 받았어요. 무제를 만나 뵙든, 못 만나 뵙든 소문은 퍼트리라고요. 그런데 딱 우연이 이곳에서 무제를 만나 뵙게 됐네요. 호호."

"음… 알겠습니다. 제가 따로 스승님에게 여쭤보겠습니다."

쿵쿵거리는 발자국 소리가 무린의 청각에 잡혔다.

삼 층에 나타난 일행에게 무린은 조용히 말했다.

"장팔, 잠시 기다려라."

"네."

큰 소리는 아니었다.

장팔은 무린이 자신을 아는 척하고 얘기 중인 것을 보고는 정체를 숨길 필요가 없다고 바로 판단을 내렸다. 장팔이 나름 가두어 놓았던 기세가 풀려나오기 시작했다. 광폭하게 터트리는 기세는 아니었다.

장팔의 기세에 맞춰 태산과 윤복, 김연호와 연경의 기세도 풀려나왔다.

그리고 즉각 네 사람은 주변에 피해가 안 가게 움직이기 시작했다. 무린의 좌우, 계단에 조용히 자리 잡았다. 경계인 것이다.

무린이 아는 척을 한 순간 은밀하던 잠행은 끝나고, 비천대의 대주이자 무제의 공식적인 움직임이 된 것이다.

"대단하네요."

제갈선혜가 다섯의 기운을 읽었나 보다. 그녀도 무인이다. 무관으로 시집을 왔으나 그녀의 몸속에 제갈가의 피가 흐르는 건 변하지 않았다.

"아직 멀었습니다."

"저분들이요?"

"예."

"이런, 무제의 욕심은 끝이 없나 보네요. 호호. 저 다섯이면 저희 무관은 혼자서도 쓸어버릴 수 있을 것 같은데. 호호호!"

입을 가르고 호호 웃는 제갈선혜. 다른 이들은 무린의 존재감에 턱 숨이 막힌 것 같았다.

그때, 제갈선혜가 웃다 말고 눈동자로 힐끔, 눈치를 줬다. 그걸 무린은 즉각 파악했다. 제갈선혜의 눈치에 돌아가려는 눈동자를 무린은 급히 붙잡았다.

멀리 주는 게 아니었다.

제갈선혜의 바로 앞, 그리고 무린의 바로 오른쪽 옆.

즉, 일행을 가리켜 준 눈치였다.

무린은 그제야 알 수 있었다.

왜 제갈선혜가 굳이 자신을 잡아 뒀는지. 만나게 하려고 한 것이다. 통성명을 시키려고 한 것이다.

"아, 인사가 늦었습니다. 진무린입니다."

제갈선혜의 웃음이 멈추자 무린이 자연스럽게 옆 사람들에게 인사를 했다. 그 인사에 버둥거리는 두 여인.

"아… 네, 네. 정검무관의 정소민이에요."

"왕여옥이에요……."

제갈선혜와 비슷한 연배의 여인이 정소민, 그 딸로 보이는 여인이 왕여옥. 하지만 이름보다 무린은 정검무관이라는 이름에 주목했다. 제갈선혜가 눈치로 알려주고 싶은 건 바로 정검무관일 것이다.

'잠깐…….'

속으로 불쑥 의문이 머리를 비집고 들어왔다.

'왜 지금일까? 언제든 서신으로 전해줄 수 있었는데?'

지금이어야 하는 이유가 있을 것이다. 무린이 보기에 제갈선혜는 결코 어리석은 여인이 아니었다. 제갈가의 여인답게 지혜로운 여인이었다. 그건 굳이 확인해 보지 않아도 대화에서 알 수 있었다.

그런 여인이 지금 굳이 자신에게 아는 척을 해서, 이 여인들이 정검무관의 관계자라는 걸 말해줬을까?

가장 보편적이고, 뻔한 답을 내보자면…….

'위협.'

그것도 생명의 위협.

생각이 끝남과 동시에 비천신기가 천천히, 은밀하게 돌기 시작했다. 주변에 자신이 모르는 위협이 있는지 없는지, 파악하기 위함이었다.

'아…….'

이런 멍청한…….

비천신기가 돌면서, 초감각에 접속하자… 지근거리에서 위화감이 느껴졌다. 옆이다. 정말 바로 옆에…….

무린의 시선이 다시금 천천히 돌아갔다.

정소민이 웃고 있었다.

왕여옥도 웃고 있었다.

그 웃음.

결코 좀 전에 어벙벙 하던 여인들이 아니었다.

"신기의 주인이 이 정도라… 주께서 아직이라 한 이유가 있었군요."

말투도 달라졌다.

여유가 가득 느껴지는 목소리. 그 여유를 바탕으로 자세도 변했다. 무제의 명성에 움츠렸던 여인들은 없었다.

어깨도 당당히 펴졌다.

사르르. 의복의 소매 자락 끌리는 소리가 극히 귀에 거슬렸다. 웅웅. 벌 떼처럼 진동하는 감각이 찾아왔다.

찻잔을 드는 행동에 무린의 시선도 그곳으로 잠시 끌려갔다. 손이 하얗다. 아니, 투명… 하다 해야 할까.

들어봤다.

당연히 출처는 소향이다.

조심해야 할 전설의 파편.

마주치면 무조건 피하라고 했던, 특징이 적나라한 공부.

소수공(素手功).

손등을 통해 뼈가 들여다보였다. 그리고 곧 사라졌다. 그냥 평범한 희고 고운 손으로 돌아왔다. 제갈선혜는 봤고, 그녀의 딸은 무린을 훔쳐보느라 못 봤다.

차라리 다행이다.

무린의 손은 어느새 비천을 움켜쥐고 있었다.

여차하는 순간 바로 뽑아 후려칠 생각이었다. 탈각을 이룬 무린의 공격 속도는 상상을 초월하고 파괴력 또한 어마어마하다.

흑룡의 날은 그 무엇도 뚫을 수 있는 절대적인 관통의 날이다.

승산이 빠르게 계산이 되기 시작했다.

'삼 할 이하.'

일단 적의 수준을 볼 수가 없었다. 처음 만났을 때 아무런 위화감도 느끼지 못한 것이 못내 신경 쓰였다.

멍청한 짓을 했다. 제갈선혜의 일행이라고 마음을 푼 것이다. 그게 치명적인 독이 발린 비수가 되어 턱밑에 떡하니 자리 잡았다.

정소민이라 밝힌 여인만 문제가 되는 것도 아니었다. 자신의 바로 옆인 왕여옥의 수준도 만만치 않았다.

필시 마녀의 수하다.

변한 기세와 분위기 자체가 마녀와 닮아 있었다. 밝은 대낮인데도 등 뒤로 어둠이 일렁이는 착각이 들었다.

초감각에 접속하고도 이 두 여인이 내보이고자 하는 마음이 든 다음에야 보였다.

이건 끝까지 속이려 했음 어쩌면 알아차리지도 못 할 뻔했다. 제갈선혜의 눈치가 없었으면? 대적을 그냥 지나칠 뻔했다.

'후우······.'

하지만 이미 일은 벌어졌다.

이 상황을 해결해야 할 일이다.

"이곳은 당신들 관할인가?"

"후후, 그렇지요. 제갈가와 무제의 영역은 저희가 맡았답니다."

대화가 시작됐다.

연혜야, 먼저 집에 가 있으렴.

네? 어머니는요?

어서.

네에…….

하고 두 모녀의 대화 끝에 제갈선혜의 딸이 일어났다. 두 사람은 그걸 보고도 말리지 않았다. 신경조차 쓰지 않았다. 무린은 이 두 여인의 목적이 애초에 자신이라는 것을 깨달았다.

"소수의 전승자인가?"

"본 그대로랍니다."

"……."

부정하지 않는다.

소수의 전설은 세인들은 잘 모른다. 정과 마가 함께 의도적으로 '소수' 관련된 모든 것들을 지웠기 때문이다. 그래서 지금은 제대로 아는 사람조차 없었다. 오죽했으면 소향조차 제대로 몰랐다.

그녀는 단지 무린에게, 뼈가 보일 정도로 투명한 손을 지닌 여인을 만나면 무조건 도망가라. 이렇게만 말해줬다.

그때 무린은 그냥 흘려들었다. 그걸 깊이 생각할 겨를이 무린에게 없었기도 했지만, 애초에 전설을 믿지 않는 것도 이유였다.

그러나 지금 무린은 전설이 전설인 이유를 뼈저리게 느끼고 있었다. 동시에 북원의 전신이 했던 말도 떠올랐다.

흑영은 마녀의 수하 중 무공 서열로 따지자면 육 위라고 했다.

"당신은 몇 위지?"

"……."

무린의 질문에 정소민이 싱긋 웃고는 손가락을 펼쳐 보였다.

중지부터 엄지까지 쭉 펴져 있는 고운 손. 세 개의 손가락이 뜻하는 건 당연히 삼 위라는 뜻이다.

'소수의 전승자가 삼 위…….'

기가 찰 일이었다.

그럼 이 위는?

일 위는?

마녀는 제외일 것이다. 감히 위(位)라는 단어를 마녀에게 쓸 수는 없을 테니까. 산 너머 산 이라는 표현이 지금 이 순간에 딱 어울렸다.

"장팔."

"네⋯⋯."

장팔도 이미 무린의 기세가 변한 걸 눈치채고 있었다. 태산과 윤복, 연경과 김연호도 외부 경계는 포기하고 무린 쪽만 주시하고 있었다.

"다 내보내."

"네!"

무린의 목소리는 모두가 들을 수 있을 정도로 컸다. 이건 폭거였지만, 아마 모를 것이다. 지금 자신들의 목숨을 살려주는 게 무린이라는 것을.

다 나가!

장팔이 쩌렁쩌렁한 목소리로 소리쳤다. 주목과 함께 위압감을 선사하기 위함이었다. 설명? 그런 걸 할 시간이 없었다. 당장 내보내는 게 답이라는 걸 장팔도 알고 있었다. 오해? 사도 상관없었다.

어차피 이해해 주기를 바라지도 않으니까. 장팔의 위압적인 호통에 삼 층은 금세 텅텅 비었다. 슥, 장팔을 포함한 조장들이 무린 쪽으로 접근했다.

"오지 마라. 각자 위치에서 대기해."

"⋯⋯."

"대기."

"네⋯⋯."

근거리로 들어오는 건 미친 짓이다. 무린도 현재 위험한 상황이다.

이 간격에서 공수를 주고받으면 누가 이길지, 감히 장담을 할 수가 없었다. 그러니 비천대는 말할 것도 없었다. 최소 백면 정도가 아니면, 오히려 방해였다.

위기, 노파를 만났던 때와는 달랐다.

제대로 된 위기를 무린은 다시금 마주했다.

第百八十五章

일촉즉발(一觸卽發)

무린은 긴장의 끈을 놓지 않았다. 정소민과 왕여옥. 지금 무린은 이 둘을 상대해야 하는 입장이었다. 소수의 전승자라는 사실은 무린에게 거대한 압박감을 주었다. 비천신기의 주인인 무린, 소수공의 주인 정소민, 왕여옥. 무린은 냉정하게 승산을 파악해 봤다. 아무리 좋게 생각해 보려 해도 높게 나오지 않았다.

게다가 무린은 인질을 잡힌 상태였다.

바로 제갈선혜였다.

왕여옥이 자신을 막고, 정소민이 제갈선혜를 공격하면?

십 중 십.

제갈선혜의 심장이 뚫린 확률이다. 왕여옥의 경지는 정소민보다는 못했다.

초감각에 잡히는 왕여옥의 경지는 그랬다. 하지만 그렇다고 자신이 일수에 제압할 수 있는 경지도 아니었다. 결국은 할 수 있는 최고의 공격을 취한다고 해도 왕여옥을 단번에 제압하는 건 불가능했다.

혹 운이 좋다 하더라도 몇 번의 공방은 주고받아야 했다. 그 몇 번의 공방이 문제였다. 제갈선혜의 목숨이 걸려 있는 아주 큰 문제.

"목적은?"

무린은 속내를 감췄다. 필사적인 연기로 겉으로 자신의 불안감이 나오지 못하도록 최선을 다해 제어했다. 그래서 무린의 얼굴은 물론, 목적은? 이라고 나온 그 말에도 여유가 묻어 있었다.

"그건 답해드릴 수 없을 것 같아요."

"답해줄 수 없다라… 아닌 것 같군. 내가 목적 아닌가?"

"당신도 목적의 일부인 건 맞지만, 설마 제가 이 무거운 몸을 이끌고 당신 하나 보자고 예까지 행차했다고 생각하는 건 아니겠지요?"

"그도 그렇군."

음음.

무린은 고개를 주억거렸다.

정소민의 행동, 말투는 역시 마녀의 기질을 닮아 있었다. 눈꼬리의 움직임, 입술의 움직임 등을 포함한 안면 근육의 움직임이 전체적으로 마녀를 상당히 닮아 있었다.

무린은 그걸 놓치지 않았다.

이미 마녀와 두 번이나 만난 무린이다. 마녀의 특징을 모를 리가 없었다.

사근사근한 말투 속에 숨겨진 거대한 어둠, 악의, 파멸을 향한 집념. 정소민은 마녀를 닮고 싶어 했다.

왕여옥도 정소민의 웃음과 아주 흡사한 웃음을 짓고 있었다. 정소민의 미소와 비슷하나, 조금 다르다. 왕여옥은 마녀가 아닌, 정소민을 닮고 싶어 하는 것 같았다.

"이 여인은 인질인가? 나를 잡아두기 위한?"

"그럴 목적도 있었지요. 하지만 원래 제거하려 했답니다. 이 여자는 너무 들쑤시고 다녔거든요."

"들쑤시고 다녔다? 아아, 잡힌 건가?"

"처음에는 신경도 안 썼답니다. 하지만 아주 빠르게 다가서더군요. 설마했는데 근 일 년 만에 정말 상당히 많이 알아내서 '어쩔까…' 하고 고민하던 차에 금제가 풀려 버렸어요. 안 그래도 신경 쓰였는데 내버려 둘 필요가 있을까요?"

정소민의 말에 무린은 고개를 끄덕이며 수긍했다. 신경 쓰이면 제거한다. 그게 더 큰 화근으로 다가오기 전에. 무린도 그런 연유로 오늘 태산으로 나오지 않았는가. 정소민의 말은 선공에 대한 묘를 담고 있었다.

무린도 인정하는 바다.

선공은, 확실히 적의 무방비에 가하기 가장 좋은 전술이다. 적이 알고 있지 못하다면 백발백중으로 성공시킬 수 있다. 성공하는 순간 아군의 사기 상승은 물론 다음 전투에서 상당한 우위를 점할 수가 있다.

기습에 당한 적군은? 완전히 그 반대되는 결과를 얻게 될 것이다.

정소민의 말은 그만큼 정석이었다.

제갈선혜는 일장로, 그러니까 문인의 명령으로 태산 곳곳을 조사하고 다녔다.

민간에 섞여 오랜 세월을 있었으니 그녀만큼 태산을 잘 아는 여인도 드물 것이다. 게다가 총명했다. 제갈가의 피를 이은 여인답게 범인보다도 훨씬. 아니, 웬만한 학사들보다도 훨씬 뛰어난 지혜를 지니고 있었다.

딱 안성맞춤이었다는 소리다. 그래서 태산에 숨어들어 있는 세력에 근 일 년 만에 다가설 수 있었다.

그중 하나가 정검무관, 정소민인 것이다. 제갈선혜는 좀 더

깊숙한 접근을 목적으로, 친분을 쌓기 시작했다.

정검무관을 속속들이 알려면 그게 가장 확실한 방법이라 생각한 것이다. 하지만 여기서 제갈선혜는 한 가지 실수를 저질렀다.

아니, 매우 큰 실수였다.

그녀는 정검무관의 실세가 당연히 '무관주'라고 생각했다. 하지만 아니었다. 진짜 실세는 바로 '안주인' 행세를 하고 있던 눈앞의 여인, 정소민이었던 것이다. 그리고 그 다음이 바로 그녀의 양녀인 왕여옥이었고.

게다가 정소민은 소수의 전승자고, 전설을 익혀낸 여인답게 머리도 좋았다. 난해한 전설을 풀어 익힌 여인이니 당연한 일이고, 그러니 놀랄 일도 아니었다.

그렇게 걸렸다.

그리고 오늘 이 상황이 우연치 않게, 혹은 의도적으로 벌어진 것이다.

무린이 제갈선혜를 보니, 입술을 살짝 깨물고 있는 모습이 보였다. 긴장한 것이다. 하지만 눈빛에 체념의 빛이 깃들어 있지는 않았다. 두려움에 긴장을 하긴 했지만 무린의 존재가 옆에 있기에 힘을 내고 있었다.

"다시 한 번 묻지. 목적은? 그저 이 여인을 죽이고, 나를 보자고 이런 자리를 굳이 만든 것은 아닐 테고."

"답을 드리자면… 음, 그래요. 당신과 비슷해요."

"나와 비슷하다? 탐색인가?"

"그래요. 이곳 태산을 지우려면 당연히 당신의 경지를 봐야 하겠죠. 비천무제에 대한 정보야 당연히 받아 봤지만, 그건 타인의 시선으로 본 당신의 경지이지, 제가 직접 눈으로 본 당신의 경지가 아니니까요. 그래서 이런 자리를 만들어 봤답니다."

"음……."

고혹적인 미소를 짓는 정소민이다.

특수한 기예가 섞여 있다는 걸 무린은 느낄 수 있었다. 비천신기의 이륜이 마구 돌며 '매혹'에 가까운 그 미소를 무린의 정신에서 지워내고 있었다.

"당신이 가장 강하겠죠? 설마 우리가 파악 못 한 무인이 있을 리가 없으니까요. 음음, 당신만 제가 잡아두면… 길지 않아 끝나겠어요."

"그게 마음처럼 될까? 소수를 이었다고 너무 나를 얕잡아 보는군."

"후후, 당신, 흑영과 이미 붙었다지요? 한 번 포획도 됐었다고 들었는데. 겨우 그런 칙칙한 사내한테 잡힌 주제에 너무 건방 떠는 거 아니에요."

"그게 전부라 생각하나?"

"음? 아아, 소향이라고 했던가? 신권과 혜검을 믿고 그러나 봐요? 후후, 아쉬워라. 이거 어쩌죠? 이미 그쪽은 제 선배가 먼저 갔거든요. 아마 한동안 다시 태산으로 돌아올 수는 없을 거예요."

"선배?"

"예, 선배. 저보다 먼저 주를 만난 선배. 당연히 저보다 강하답니다."

"……."

소수의 전승자인 정소민. 혜검과 신권이 있으면 해볼 만한 게 아니라 반드시 잡을 수 있다. 옆의 왕여옥도 같이. 은연중 무린이 바라고 있던 상황 중에 하나였다. 소향이 이곳으로 오는 것.

비천대를 움직이지 않은 건 움직이는 순간 직접적 교전이 벌어질 것이라는 걸 알고 있었기 때문이다.

정소민은 불청객을 원하지 않고 있었다. 그건 그녀의 행동 거지에서 충분히 알 수 있었다.

이 대화의 흐름이 끊어지거나, 방해받는 건 아마 그녀에게 신호로 여겨질 것이라는 걸. 그래서 비천대는 움직이지 않게 했다.

다가오지도, 떨어지지도 못 하게 그 자리를 고수하게 했다.

"혜검과 신권만 말하는군. 소향의 전력은 그게 전부가 아닌 걸 모르는 모양이야."

"매화검은 어차피 그 꼬맹이에게 떨어질 수 없다는 걸 아니까요."

"그래, 그런가……."

실수했군.

정소민은 말을 하는 이상, 진실을 얘기한다. 아마 저게 그녀가 아는 전부일 것이라 무린은 생각했다. 하지만 아니다. 더 있다. 소향과 같이 나간 인원들이 더 있다는 소리다. 그걸 정소민은 모르고 있었다.

"실수했군."

"음?"

"당신이 받은 정보에 우리의 전력이 소상히 적혀 있지 않아. 뭘까. 견제인가? 후후."

"……."

정소민의 얼굴에 완연히 피어 있던 웃음꽃이 살짝 시들어 갔다.

아마 무린의 말에 자극을 받아 그런 것 같았다. 무린의 말은 자신감에 차 있었다. 정소민의 말에서 무린은 변수가 될 존재를 떠올렸다.

비천신기가 도는 와중에, 무린은 혼심으로 속삭였다.

'단문영, 부탁한다.'
대답은 들려왔다.

네. 맡겨주세요.

*   *   *

단문영이 무린의 혼심을 통한 속삭임을 들은 건 한창 약재 창고에서 재료를 손질하고 있을 때였다.

문영, 문영 하고 두어 번 들려온 부름에 단문영은 즉각 하던 행동을 멈췄다.

같이 재료를 손질하던 정심과 그녀 곁에 있던 무월에게 잠시 양해를 구하고 밖으로 나온 단문영은 한적한 장소를 찾아 이동했다.

급히 비어 있는 건물 안에 들어간 문영이 속으로 속삭였다.
'듣고 있어요. 말해요.'

지금부터 잘 들어.

그 말 뒤로, 무린의 생각, 입에서 나간 말들이 빠짐없이 그녀의 뇌리로 쏟아져 들어오기 시작했다.

마치 연결된 둥근 관 반대편에서 물을 흘려 넣는 것과 비슷했다.

계속해서 들어오는 무린의 생각과 말은 그가 처한 상황을 단문영에게 낱낱이 보고되었고, 그녀의 표정은 빠르게 굳어 갔다.

특히 소수의 전승자라는 대목에서는 급격한 동공의 흔들림까지 생겼을 정도였다.

불가해의 전승자인 그녀인지라, 당연히 전설이라고까지 일컬어지는 소수공을 모를 리가 없었다.

위기.

단문영은 무린에게 엄청난 위기가 찾아왔음을 느꼈다. 그리고 그 위기는 단순히 비천대의 출동을 해결될 것도 아니라는 것도 느꼈다.

돌아가는 상황파악이 실시간으로 이루어졌다. 단문영은 무린을 도우려면 소향이 필요하다고 느꼈다. 정확히는 그녀의 동료들이다.

무당의 혜검과 소림의 신권. 이 두 사람의 도움이 절대적으로 필요했다.

하지만 무린의 혼심을 통해 지금 그들이 또 다른 마녀의 수하에게 쫓기고 있다는 것도 알 수 있었다.

'도와야 해. 진 대주는 지금 변수라고 했어.'

그 변수가 무엇인지, 단문영은 알 수 있었다.

마지막에 부탁한다란 그 말을 들은 즉시 단문영은 밖으로 몸을 날렸다. 급히 약재 창고에 들어간 단문영.

"정심 소저!"

"네, 네?"

"이옥상 소저는 지금 어디에 있어요?"

"아… 아마 숙소에 있을 것 같은데……. 오늘 어디 안 가고 심상수련만 한다고 했거든요. 왜요? 왜 그래요?"

정심이 왜 그러냐고 물었지만, 단문영은 그 질문에 대답할 겨를이 없었다. 짧게 고마워요! 하고 외친 직후 곧바로 다시 달려가기 시작했다.

어제 같은 건물에서 묵었기 때문에 그녀의 숙소가 어디인지는 다행히 알고 있었다.

올라가는 언덕길이 왜 그렇게 긴지, 내려올 때는 금방 온 것 같은데 상황이 변하자 되돌아가는 길이 훨씬 길게 느껴졌다.

"헉! 헉!"

급하게 뛰어서 그런지 숨이 턱밑까지 차올랐다. 폐를 누군가가 주먹으로 움켜쥔 다음 쥐어짜는 것 같았다.

아픈 정도를 넘어, 죽을 것 같을 정도였다. 얼굴이 하얗게 탈색되어 갔다.

아직… 마녀를 느낀 대가를 전부 해소하지 못한 상황인지라 그녀의 몸은 급격하게 무너져 갔다.

그럼에도 그녀는 '뜀박질'의 속도를 늦추지 않았다. 종아리, 허벅지의 근육이 팽팽하게 당겨지다 못해, 혹사로 인해 뭉쳐 갔다.

천근만근.

몸이 물먹은 솜이 된 기분을 선사하기 시작했을 때야… 어제 묵었던 건물이 보였다.

그 앞에 도착하고 나서야 겨우 숨을 고르기 시작하는 단문영. 헉헉! 하고 숨을 내쉬고, 들이마셔 보지만 쉽게 진정이 되지 않았다.

무린이 걸려 있는 일이라 그런지, 정신도 매우 혼란해졌다.

덜컥! 하고 문이 열렸다.

나온 여인은 예하.

소림의 신권 곁에 붙어 있던 여인이었다.

"단 소저?"

"헉, 헉… 이, 이옥상 소저를 좀…….."

"…네."

단문영의 모습이 심상치 않아 보이는 걸 금세 파악한 예하. 군말 없이 그녀는 자신이 나오면서 닫았던 문을 다시 열고, 안으로 몸을 날렸다. 이옥상은 촌각도 지나지 않아 바로 내려왔다.

"단 소저. 무슨 일인가요?"

"아……."

너무 몸을 무리하게 움직여서인지, 현기증이 핑 돌았다. 어지러운 머리를 짚는 순간 다리에 힘이 풀렸다.

"단 소저!"

그림자처럼 이옥상이 따라 붙어 무너지는 단문영을 부축했다.

자신을 감싸 안는 포근함이 느껴지자, 안도 때문인지 단문영의 몸에서 힘이 더욱 빨리 빠져나갔다.

"소향 소저 일행이… 위험해요. 아아……."

"네? 소향 소저 일행이라면……."

"위험… 진 대주도 지금… 소수의 전승자와 마주쳤어요……."

호흡을 길게 끌면서 단문영은 전할 말을 전하고 있었다. 무린이 부탁한 일이다. 이 부탁을 못 전하면 큰일이 기다릴 것이다.

"어떻게 하면 될까요."

이옥상은 차분해졌다. 소수의 전승자라는 말에도 흔들리지 않고, 상황 파악을 위해 애썼다.

"진 대주가… 이, 이 소저를… 변수라고 했어요……."

"제가요?"

"네… 진 대주 쪽은… 히, 힘들어요. 그러니 소향 소저 쪽을 지원… 그래서… 빨리 진 대주 쪽으로……."

"알았어요."

무슨 뜻인지 파악했다.

이옥상은 일단 단문영의 혼혈을 짚었다. 잠시 눈을 동그랗게 뜨는가 싶더니, 한결 편한 표정을 짓는 단문영.

"잠시 통각을 억제했어요. 쉬게 해드리고 싶은데… 어쩔 수 없어요. 단 소저도 같이 가야 해요."

"……."

단문영은 고개만 끄덕거렸다.

그리고 눈을 감았다. 잠든 것은 아니었다. 단문영은 다시 무린에게 집중을 시작했다. 그의 상황을 제대로 알고 있어야, 이쪽도 그에 맞춰 움직일 수 있기 때문이다.

"예하. 끈을."

"네."

이옥상이 단문영을 등에 업었다. 그러자 예하가 어느새 품에서 꺼낸 줄로 단문영을 꽁꽁 묶었다.

"나는 먼저 출발할 테니까, 지금 이 상황을 비천대에 전하고 바로 따라와. 표식은 검문의 표식을 쓸게."

"네."

이옥상은 예하의 대답을 들은 즉시 바람처럼 사라졌다. 그리고 뒤따라, 예하의 신형도 꺼지듯이 사라졌다.

약, 일각 뒤. 비천대가 썰물처럼 비천성을 빠져나가기 시작했다. 그 선두에는 백면, 그리고 남궁유청이 있었다.

상황은 상당히 급박하게 돌아가고 있었다.

第百八十六章 구화검(九禍劍)

"언니⋯⋯."

검란 소저를 부르는 소향의 얼굴은 하얗게 질려 있었다. 소향은 애초에 태산현으로 들어가지도 못 했다. 성문에서 그들을 기다리고 있었던 죽립 사내 때문이었다.

검을 품은 채 팔짱을 끼고 있던 사내는 소향 일행이 태산현의 북쪽 입구에 도착하자마자 그 존재감을 내비췄다.

검란 소저, 한비담, 그리고 운검은 즉각 그 사내의 존재감을 포착했다. 그리고⋯ 포착 즉시 뒤로 물러나기 시작했다. 죽립 사내는 천천히 다가왔다. 물러나는 보폭만큼, 사내는 일행에게 다가왔다.

그렇게 계속 뒤로 밀려났다. 태산현이 아예 보이지도 않은 거리만큼 물러나자, 일행은 물러나는 걸 멈췄다.

전방으로 한비담, 운검이 막아섰다. 그 뒤로 검란 소저, 맨 마지막이 검란 소저가 호위하는 소향이었다.

소향 일행이 멈춰 서자, 일정 거리를 두고 죽립 사내도 멈춰 섰다. 느껴지는 기세가 심상치 않은 정도가 아니라… 끝을 알 수 없는 어둠이, 막막함이 느껴졌다. 그리고 사내가 품에 안은 검을 손에 쥔 순간, 교전이 시작됐다.

교전은 계속됐다.

일각을 넘어 반 시진, 한 시진이 넘도록 멈추지 않는 전투가 이어졌다. 대화조차 없었다. 죽립 사내는 불문곡직, 검을 휘두를 뿐이었다. 피어나는 꽃송이. 재앙을 잔뜩 품은 꽃송이다. 칙칙한 어둠을 품은 꽃송이가 신권과 운검의 목숨을 노렸다.

검란 소저는 아예 끼지도 못했다.

도우려 움직이는 순간 언제나 죽립 사내 곁을 맴돌고 있던 어둠의 꽃이 소향을 노리고 움직이려 했다.

그래서 멈추기를 반복, 결국 검란 소저는 아예 포기하고 전투를 지켜볼 뿐이었다. 꽃은 깨지고 갈라지면서 계속해서 소멸했지만, 사내의 검로를 따라 생겨나는 꽃송이들은 결코 줄

어들지 않았다.

쩡……!

이윽고 또 하나의 꽃송이를 터트린 운검이 뒤로 훌쩍 물러났다. 그의 움직임에 맞춰 파고들려던 한비담 또한 물러났다.

"이거… 곤란하군요."

물러난 운검이 잔뜩 굳은 얼굴로 중얼거렸다.

전투가 벌어진 지 이미 한 시진이 훌쩍 넘었다. 그 동안 몸에 생겨난 생채기의 수는 셀 수도 없을 만큼 많았다. 피막만 벗겨진 생채기가 대다수이지만 그중에는 살짝 깊게 베인 곳도 있었다.

기의 흐름으로 출혈로 이어지는 건 막아 놓았지만, 그래도 그 자체가 이미 부담으로 작용하기 시작하는 시점이 되어버렸다.

내력은 도도한 태극을 따라 막힘없이 흐르고 있지만, 모든 것에 불멸은 없다는 불멸의 진리처럼, 그 흐름도 아주 조금이지만 느려지고 있었다.

신권, 한비담의 얼굴도 그렇게 좋지는 않았다.

그 모든 것을 보고 있던 소향의 얼굴도 서서히 일그러지기 시작했다.

'안 돼… 비담 소협이 집중을 못 하고 있어……. 아직 그 충격에서 못 벗어난 거야. 어떡하지…….'

소림의 신권.

진본의 역근경(易筋經)을 통한 혜광심어(慧光心語)와 백보신권(百步神拳)의 당대 전승자. 게다가 일지선(一指禪)과 탄지신통(彈指神通)에도 조예가 깊은 당대 소림의 가장 뛰어난 제자이다.

하지만 문제가 있었다.

혜광심어로 유일하게 소통하던 아이, 신녀(神女) 주운령의 죽음이 그를 괴롭히고 있었고, 그게 지금 이 상황에서도 뚜렷하게 문제를 일으키고 있었다. 제대로 집중을 못 하고 있는 것이다.

슥. 사삭.

죽립 사내가 움직임을 멈추고, 한 발자국 뒤로 물러났다. 소향은 그걸 보면서 시간을 끌 수 있는 시기가 왔다고 생각했다.

"당신은 누구죠……?"

검란 소저의 옆으로 나서 묻는 소향. 그런 소향으로 향하는 꽃의 경로와 검의 검로를 차단하는 운검.

"……"

대답은 들려왔다.

하지만 그 대답은 육성이 아닌, 검의 움직임으로 돌아왔다. 검끝에 매달린 어둠이 검의 움직임을 따라 명확한 단어를 만들어냈다.

"구화검? 그게 당신의 별호인가요?"

"……."

대답 대신, 죽립만 위아래로 한차례 흔들렀다.

긍정.

"마녀의 부하인가요? 그가 저희를 죽이라고 하던가요?"

"……."

대답 대신, 고개가 다시 한 번 끄덕여졌다가, 다시 좌우로 흔들렀다. 소향은 그 행동을 바로 이해했다.

"마녀의 부하는 맞지만, 우리를 죽이라고 한 건 아니라는 거군요?"

"……."

그러자 고개가 천천히 끄덕여졌다.

소향은 입술을 저도 모르게 깨물었다. 저 말을 믿을지 말지 고민하는 것이다. 하지만 믿기로 했다.

"그럼 개인적인 판단으로 저희를 죽이러 온 건가요?"

"……."

이번에는, 아무런 움직임도 없다.

그건 곧 대답해 줄 수 없다는 뜻으로 소향의 머리에서 해석이 됐다.

"소향."

"네?"

"구화."

"네, 구화검이라고… 아, 아아……. 구화검? 구화?"

"그래, 너나 내가 아는 그 구화가 아니기를 빌어야겠어."

"그럴 수가……."

전대 문성인 한명운 선생의 직전제자가 바로 소향이다. 무수히 많은 이야기를 들었고, 또 서적으로 보았다. 한명운 선생의 말은 당연히 전부 참된 진실들이었고, 서적도 허황된 게 아닌, 참된 내용들이 담겨 있는 것들로만 살펴봤다.

강호비사(江湖秘史).

그걸 주로 다루던 서적에서 소향은 본 기억이 있었다. 그것뿐만이 아니라 실제 스승님에게 듣기도 했었다.

구화(九禍). 그 단단한 강호 전설의 이름을 말이다.

비사록에 적혀 있는 이유는 역시 하나다. 소수공처럼 정과 마가 나서 지워 버린 것이다. 물론 그렇다고 소수공과 구화공이 극악한 연공 과정을 지닌 마공도 아니었다. 극히 고된 과정과 제대로 된 이해가 요구될 뿐, 기타 다른 공부들과 똑같았다.

단지, 이 두 전설상 공부는 주인의 심성에 따라 별호가 결정됐다.

심성이 정도에 가까우면 소수신녀, 구화신검.

심성이 마도에 가까우면 소수마녀, 구화마검.

이렇게 갈렸다.

첫 등장 이후 이 두 공부의 주인들이 일으킨 일은 너무나 극명했다. 피로 물들이든가, 구세주가 되던가.

그래서 불만이 많았다.

정도라고 모두가 깨끗할 거란 생각은 하지 마라. 어디에도 심성이 더럽고, 비열하면서 정도의 뚜껑을 쓴 이들은 분명히 존재한다. 그 반대도 물론 존재한다.

그래서 어느 시대부턴가 사라지기 시작했다. 정확히는 지우기 시작했다. 우리에 반하는 자는 무조건 악. 강호의 정도는 오직 우리다. 이런 사상에 따라서 말이다.

이 같은 일에 정과 마가 합세한 것이다.

그래서 깨끗하게 지워졌다.

근 반백 년에 걸쳐 어둠 속으로 사라졌는데, 그게 지금 다시 나타난 것이다.

단순한 구화검이라는 이름으로.

'이들은… 옛 강호의 희생자들. 마녀의 편에 서는 것도 이상하지 않아.'

정과 마.

양측에 모두 원한을 가지고 살았을 테니 말이다. 정이든, 원한이든 유구한 세월이 흐르면 필연적으로 변하게 되어 있다. 보통 이런 경우 희석되어 흐려지게 마련이지만, 정말 만에 하나의 경우로 그 반대가 되는 경우도 있다.

'아…….'

선대의 죄업 때문에, 최악의 상황이 나와 버렸다.

'생각하지 말자! 지금은 이 상황을 돌파할 묘수가 필요해!'

하지만 어떻게?

소향은 제 자신의 지혜가 어느 정도인지 안다. 남들보다 못해도 십수 배는 좋다고 해도, 결코 그게 과찬이 될 수는 없을 것이다.

사실이니까.

하지만 그렇다고… 남들보다 십수 배 좋다고 만능(萬能)은 아니었다. 그녀도 막힐 때가 있었다.

바로 지금처럼.

"당신 동료가 있나요?"

"……."

끄덕.

동료가 있단다.

아니, 당연히 있을 것이다. 동료가 세상천지 널렸을 것이다. 하지만 소향이 질문한 건 이곳이다. 이곳에 동료가 있냐는 물음이었다. 그래서 다시 물었다.

"지금 이 주변에 있나요?"

"……."

고개를 절레절레 젓는다.

그 후 검을 들어 뒤를 향해 쭉 뻗었다. 그곳은 태산현이 있는 곳이다. 소향은 그 대답에 바로 눈치챘다.

이자는 이곳.

저자의 동료는 태산현. 그 태산현에 들어간 무린에게 가 있다는 것을. 어쨌든 대화는 더 필요하다. 궁금한 것도 있고.

소향의 질문은 계속됐다. 한 시진이 넘는 전투 끝에 겨우 얻은 대화 기회이니까. 이게 끝나지 않길 빌었다.

물론, 이는 무린의 생각과는 정반대되지만 소향이 그걸 알 방법이 없었다. 그러니 소향의 행동은 무린에게 전혀 도움이 안 되는 노선으로 걷기 시작했다. 그리고… 죽립 사내도 어차피 시간을 끄는 게 목적이니, 굳이 안 해도 될 대답을 해주고 있는 것이다. 소향은 아직 거기까지 파악을 못 했다.

"누구인지… 알 수 있을까요?"

"……."

죽립 사내의 검이 다시 움직였다.

소향의 시선이 검끝에 머물면서, 그 궤적이 그려내는 단어를 읽어갔다.

"소… 수……."

아아…….

검로가 그려낸 단어를 읽은 소향의 얼굴이 와락 일그러졌다. 생각은 했다. 구화와 소수는 한 쌍이니까.

그런데 설마… 같이 있을 거라는 예상은 결코 하지 못했다. 한 쌍으로 불리긴 하지만, 저 둘이 섞여 움직인 경우는 강호 역사를 통틀어서도 전례가 없었기 때문이다. 같은 전설이지만, 각각 움직였던 시대가 달랐다.

구화와 소수가 동시대에 활동했던 적은 없었다는 소리다.

소향은 오늘 무린과 함께한 비천대원들을 떠올렸다. 아니, 그중 백면과 남궁유청이 있었나 생각해 봤다.

'없었어…….'

그럼 무린에게 벅차다. 제아무리 비천무제라 하더라도… 소수공의 전승자를 상대하기는 정말 힘들 것이다. 소향은 소수공의 전승자가 흑영이나 흑기사보다 훨씬 난해한 적이라는 것을 알고 있었다.

흑영, 흑기사는 강하다. 분명 강하다.

하지만 상대 못 할 적은 아니었다. 하지만 소수와 구화는, 그 옛날 지우기 전에도 이미 구파와 일방, 배화교와 석가장, 검문의 무인들도 상대할 수 없었던 전설이었다.

'독보…….'

오직, 홀로 강호를 독보(獨步)하면서도 전설을 만들어냈던 이들. 그런 독보의 전설을 이은 이들이다.

무린도 벅찰 것이다.

비천신기라도… 분명 무리다.

잡으려면.

'비천대 전체가 움직여야 돼. 하지만 과연 태산에 이 둘이 전부일까? 아니, 아니야… 둘이 전부일 리가 없어. 이들은 책임자. 마녀의 신호에 맞춰 태산을 시작으로 산동을 지워 버릴 세력을 이끄는 수장들. 태산이 시작이라면… 여기에 밀집되어 있어. 비천대도 안 돼. 아니, 가는 것도 말려야 돼!'

그녀의 머릿속에서 일어난 생각의 꼬리들이 마구 내달려 나갔다.

그녀에게 비천대는 매우 중요했다. 비천무제야 말할 것도 없었다. 이어진 인연의 실은 매우 단단하고 질겼다.

그가 잘못되면 소향은 아마 자신이 몇 날 며칠 아무것도 못할 것이라 생각했다. 실제 오라버니라 생각할 정도였다.

그만큼 든든했다.

북방에서 봤을 때도, 형편없는 무력을 지녔을 그때도 무린은 단단했고 강인했다. 그래서 그와 대화를 나누면 심신이 안정되곤 했다. 어리광을 부리고 싶은 적도 있을 정도였다. 그런 무린이다.

절대로 잃을 수 없었다.

생각만으로도 실의에 빠질 것 같은 기분이다.

'도우러 가야 돼……'

그러니.

뭔가 수를 생각해 내야 했다.

'생각하자, 소향… 응, 이 난관조차 못 넘어서 어찌 중원을 구할 생각이니!'

소향은 스스로를 재촉했다.

제대로 돌아가지 않는 머리를 마구 굴렸다.

스윽.

그 순간, 미처 수를 생각해 내기도 전인데… 구화검이 다시금 움직이기 시작했다.

"뒤로."

"네……."

검란 소저의 말에 소향은 입술을 질끈 깨물고 물러섰다. 두둥실 떠오른 아홉 송이의 검은 꽃은 좀 전과는 완전히 달랐다. 마치, 살아 있는 것처럼 움직이기 시작했다. 떠오른 꽃은 천천히 전방으로 날아오기 시작했다.

운검의 검이 그 순간 원을 그렸다. 검의 궤적을 따라 생성된 원 안에 다른 선 하나를 추가로 더 그려 넣으니 완전한 태극이 완성됐다.

태극혜검(太極慧劍).

무당의 모든 것을 담은 검공이다.

혜검의 전승자는 무당 내에서도 오직 하나. 이건 일부러 한 명에게만 전수하는 게 아니었다. 자질의 문제였다.

혜검은 모든 무당의 문도에게 열려 있다. 하지만 혜검의 묘리를 깨닫는 문도는 극히 일부거나, 아예 없을 때가 많았다. 그만큼 혜검은 극한의 자질과 오성을 요구했다. 그래서 한 세대에 한 명도 나올까 말까 한 게 바로 혜검이다.

운검은 그런 당대의 혜검이다.

무당을 비롯한 구파일방 전체가 숨을 죽이고 있어 그렇지, 이전 강호에서 활동할 때였다면 혜검은 전 중원을 통틀어 열 손가락에 꼽힐 무인으로 칭송받았을 것이다.

그그그극!

쩡!

그런 혜검인데… 구화는 무서웠다.

혜검이 그려낸 태극은 한 송이의 꽃을 감당하지 못했다. 투웅! 하고 공기가 바르르 진동했다. 그 뒤 다시 퉁! 하고 꽃송이가 운검을 향하던 경로에서 밀려나갔다. 한비담의 신권이 펼쳐진 것이다.

혜검의 이름이 허명이 아니듯, 신권의 이름 또한 허명이 아니다.

퉁!

투웅!

그의 주먹이 뻗어질 때마다 울려 퍼지는 공명 소리는 꽃송이의 경로만을 계속해서 방해했다. 하지만 밀려나는가 싶으면서도 다시 꽃송이는 제 경로를 찾아왔다.

그으응!

운검의 검이 다시금 원을 그렸다. 태극, 그 안에 선을 넣고, 어느새 지척까지 다가온 꽃송이를 가볍게 감싸 안았다. 그리고 회전. 단순한 회전이 아니었다. 분쇄에 가까운 회전이었다. 압축시키려는가?

투웅!

거기에 정신이 잠시 팔린 운검을 지나친 꽃송이 하나를 다시금 신권의 주먹이 밀어냈다. 그러나 잠시 옆으로 밀려났다가 어느새 다시 검란 소저의 앞으로 다가오는 꽃송이. 그걸 보는 검란 소저의 눈동자가 자줏빛으로 물들어갔다.

스르릉.

맑고 깔끔한 검명(劍鳴).

뽑혀 나온 검이 무수한 궤적을 전방으로 수려하게 그려냈다. 이에는 이, 눈에는 눈. 꽃송이에는 꽃송이.

화사한 매화가 피어났다.

순식간에 공간을 달콤하고, 상쾌한 매화 향으로 가득 채워갔다. 매화의 꽃송이와 구화의 꽃송이가 이윽고 만났다.

파사삭!

마주치는 순간, 얼음이 깨지듯이 파열해 버렸다. 서로 상극의 기운이었다. 바스러지는 꽃송이를 신경 쓸 겨를은 없었다. 어느새 구화검이 움직였다. 구화의 꽃으로는 상대할 수 없다는 걸, 검란 소저의 매화검에서 느낀 것이다.

쩡!

간결한 보폭으로, 공간을 도약하듯이 날아온 구화검의 검이 어느새 운검을 내려쳤고, 운검의 검이 다시금 태극을 만들며 검게 물들어 있는 구화검의 검을 막아냈다.

그그극, 마치 철판을 송곳으로 긁어내는 거친 소리가 울렸다. 일반이었다면 귀를 막고 주저앉았을, 기괴한 소리였다.

쉿.

어느새 검을 회수하고, 다시 운검의 옆구리로 정말 가벼운 동작으로 검을 찔러 넣는 구화검의 공격은 시각적으로 보았을 때 아주 이상했다.

부드럽게 흘러가지가 않는다. 회수, 재준비, 공격. 이 동작이 흐르는 게 아니라 끊어져 보였다.

눈도 껌뻑이고 있지 않은데 회수의 동작이 보이고, 그다음 바로 준비 동작이 보였다. 그다음은 어느새 검을 옆구리에 찔러 넣고 있었다.

세 장면이 모두 딱딱 끊어져 보였다. 마치 그림책을 한 장씩 넘겨보는 것처럼 말이다.

초고속의 공격이 보여주는 기현상이었다.

그러나 운검은 당황하지 않았다.

그려놓았던 태극은 유지, 손목을 비틀어 그대로 사선으로 베어낸다. 쩡! 그렇게 옆구리로 오던 검을 쳐 버리는 운검.

당대 혜검의 주인이다.

이 정도로 당황할 것 같았으면 혜검의 묘를 아예 깨닫지도 못했을 것이다. 슥, 신권의 모습이 사라졌다.

나타난 곳은 구화검의 뒤편.

촤악!

그러나 이미 알고 있었는지, 구화검은 튕겨난 검을 그대로 궤적만 비틀어 뒤로 회전하며 베어갔다.

이번에도 마찬가지로 그 동작은 매우 끊어져 보였다. 비틀 때 한 번, 그리고 다음은 이미 신권의 목을 노리고 있었다.

슥, 신권의 모습이 사라졌다.

스아악.

검이 지나가고 신권의 모습이 삼 보 정도 뒤에서 나타났다. 두둥실. 검로에서 구화의 꽃이 다시금 피어났다. 그리고 천천히 날아 신권의 전방을 방해, 자신의 후방을 보호하는 구화검.

회전은 한 바퀴였다.

그대로 다시 돌아 운검을 향해 다시금 검을 찔러 넣었다.
기교는 거의 배제된 동작이었다. 오직 특수한 방법 딱 하나만
접목된 공격. 딱딱딱 끊어지는 공격은 고속의 준비 동작, 공
격 시전에서 나오는 현상이었고, 이는 눈을 현혹시키고 나아
가 정신을 교란시키는 효과를 불러왔다.

후웁…….

혜검이 숨을 들이마셨다.

카앙!

칠성검법(七星劍法)의 묘리를 따라 북두칠성(北斗七星)의
별자리를 순식간에 그렸다. 일곱 개의 별을 닮은 구체가 만들
어졌다.

파사사삭!

그러나 구화검의 검은 거침없었다. 검이 유영하듯이 운검
이 그린 북두칠성을 단방에 베어버리고 앞섬을 향해 쇄도했
다.

멈칫.

사삭!

그러나 앞섬을 베기 전, 구화검은 검을 멈추고 꺼지듯이 그
자리에서 사라졌다.

콰앙!

그가 사라지고 난 뒤, 그가 있던 자리가 폭탄이 터진 것처

럼 터져 나갔다. 신권의 백보신권이었다.

운검의 위기를 보고는 진심전력으로 권을 펼쳐 낸 것이다. 기의 탄이다. 주먹 모양의 구체에, 역근경의 거대한 내력을 담은 그 자체로 엄청난 살상력을 지닌 공격.

웬만해서는 펼치지 않는 공격이지만 때가 때였다.

슝, 신권의 모습이 다시금 사라졌다. 그리고 구화검의 전방에 다시 나타났다. 뒤틀려진 몸, 그리고 하늘로 향해 있는 발. 몸이 회전하며, 그대로 그 뒤꿈치 쪽으로 구화검을 내려찍었다.

사삭, 구화검은 흐르는 물줄기처럼 옆으로 흘러갔다.

쾅!

그 자리를 신권의 내려찍기가 작렬하고 땅거죽이 뒤집혔다.

옆으로 빠졌던 구화검의 검이 쭉 뻗어 나왔다. 경로의 끝은 지면에 박힌 다리를 빼내는 신권의 목젖. 쩡! 신권의 손등이 구화검의 검을 쳐 냈다.

아니, 막았다.

구화검의 검은 밀리지 않았다.

그그극!

검에 둘러진 구화의 내력, 주먹에 둘러진 역근경의 내력이 부딪치면서 다시금 철판 긁어내는 소리가 울렸다.

스르르.

그때 구름처럼 흘러들어온 운검의 검이 구화검의 옆구리로 섬전처럼 날아들었다. 빛살이 번쩍!

가가각!

그러나 구화검은 운검의 검을 남은 손으로 움켜쥐었다. 그리고 힘을 죽여, 스르르 흘려 자신의 등 뒤로 밀어버렸다.

쉭.

지면을 지탱하던 구화검의 발이 슬쩍 떠오르더니, 운검의 얼굴을 노리고 직각으로 쭉 뻗어 올라왔다.

쩡!

얼굴을 그대로 쳐 버리는 구화검의 발이지만 퍽 소리가 아닌, 공기가 깨지는 소리가 들렸다. 내력끼리 충돌한 것이다. 운검의 신형이 쭉 날아가 지면으로 떨어져 진흙 바닥에 주르륵 미끄러졌다. 치명상은 피했다.

"크으……."

그러나 골이 뒤흔들리는 건 막을 수 없었다. 더불어서 흔들리는 골 때문에 입술을 비집고 신음이 나오는 것도 막을 수 없었다. 그걸 보고 검란 소저가 즉각 소리쳤다.

"운검! 교체!"

"큭……."

운검은 흔들리는 골을 부여잡고 곧바로 일어나 뒤로 물러나면서 소향의 전방을 막아갔다. 그런 그와 엇갈리면서 검란 소저가 주르륵 미끄러지듯이 달려 나갔다.

암향표(暗香飄).

화산 절정의 신법이다.

구화검의 지척까지 순식간에 도착한 검란 소저가 검을 비틀어 뽑아냈다. 그리고 뽑아내는 순간 펼쳐지는 검식.

이십사수매화검(二十四手梅花劍).

화산의 정수가 가득 담긴 검공이다. 검란 소저는 전 십이 식을 배제하고, 바로 매화검의 진검공이라 할 수 있는 후반 십이식부터 펼쳐 냈다.

도도한 검의 흐름에 매화 향이 만개했다. 더불어 꽃송이도 피어올랐다.

매화를 형성하는 것 자체가 지극히 힘든 일이다. 화산의 정예라 할 수 있는 매화검수들도 매화 한 송이를 피워 올리는데 상당한 힘을 들인다.

그러나 검란 소저는 너무나 쉽게 피워 냈다. 분홍빛 매화 꽃송이는 모두 셋.

후두부, 옆구리, 그리고 반대쪽 허벅지를 노리고 매화가 날아들었다.

신권과 힘겨루기를 하고 있던 구화검은 위협을 느꼈는지 다시금 물 흐르듯이 그 자리를 벗어났다. 힘겨루기는 내력 대결의 양상을 띠고 있었는데도 아무런 타격 없이 빠진다. 내력의 수발에 조금도 막힘이 없어 가능한 일이었다.

퍼버벅!

목표를 잃은 매화가 지면에 박히며 터져 나갔다. 그에 검란 소저의 얼굴이 미약하게 흐려졌다. 촌각이었다.

정말 한 호흡 내뱉는 시간만 빨랐더라면 매화를 구화검의 몸뚱이에 박아 넣을 수 있었을 것이다.

그런데 구화검은 그 순간에 빠져나갔다. 그것도 내력 대결 중 자신의 내력을 아무런 피해 없이 회수하면서 말이다.

이는 확실히 보통 경지가 아님을 검란 소저는 알 수 있었다. 자신도 불가능한 일이다. 역근경의 내력과 대결을 하다가 혼자만 슥 빠져나가는 일.

말은 쉬워보여도 아는 사람은 모두가 안다. 웬만한 경지가 아니면 내력 대결을 끝내는 것조차 힘들다는 사실을.

구화검은 뒤로 물러난 상태로, 이번엔 바로 반격을 가해오지 않았다. 잠시 검란 소저와 신권, 그리고 운검을 한차례씩 보더니 마지막으로 소향을 슬쩍 바라봤다. 그 시선에 소향이 움츠러들었다.

그러자 운검이 바로 소향의 앞을 막아섰다. 슥, 스슥, 구화검의 신형이 뒤로 쭉 빠졌다가 처음 소향과 얘기했던 자리로 이동했다.

겁을 먹긴 했지만 그 행동을 지켜보던 소향의 눈동자가 살짝 빛났다. 굳이 저 자리로 이동하는 구화검의 행동에 어떤 의미가 있음을 느낀 것이다.

'못 가게 막는 거야? 아, 애초에 목적이 우리를 태산에서 떨어트리려는 거구나!'

소향은 드디어 구화검의 의도를 깨달았다.

그의 목적은 자신들이 태산현으로 들어서지 못하게 하는 것. 그게 임무, 혹은 부탁이었을 것이다.

그리고 구화검의 의도에서, 진짜 목적까지 파악할 수 있었다.

'오라버니였어……'

소수의 전승자가 태산현에 있다고 했다.

그렇다면? 이미 만났을 것이다. 혹시 안 마주치지 않았을까? 하는 멍청한 생각을 소향은 조금도 하지 않았다.

구화검은 자신이 올 길을 이미 알고 있었다. 그리고 기다렸다. 기다린 끝에 만났고, 만나자마자 여기까지 물러나게 만들었다.

"운검 소협."

"말하세요."

"구화검 따돌릴 수 있을까요?"

"음……"

짧은 침음 뒤, 운검은 고개를 슬그머니 저었다. 불가능하다는 뜻이다. 운검이나 매화검이 소향을 안고 튀어나가는 순간, 구화검은 즉각 따라붙을 것이다.

"두 분께서 못 잡아두나요?"

"저자, 아직 전력이 아닙니다. 몇 할을 내보였는지도 모르겠습니다."

"아……."

소향은 무(武)를 잘 모른다. 이야기는 알지만, 실제 눈으로 봐서는 사실 파악이 힘들다. 경지가 좀 낮은 무인들끼리의 대결이라면 그래도 좀 알 수 있겠지만 상승의 경지, 그것도 고도가 높은 곳에서 노니는 이들의 무력은 본다고 알 수 있는 게 아니었다. 그러니 구화검의 진짜 실력을 모르는 것이다.

"그건 운검 소협도 마찬가지 아닌가요?"

"목숨을 걸 준비는 되어 있습니다. 하지만 저자 또한 목숨을 건다면… 필패가 예상됩니다."

"두 분이서… 합공을 해도요?"

"……."

그 질문에 운검은 답을 주지 않았다. 침묵으로 긍정한 것이다. 소향은 모르지만 운검은 알 수 있는 것이다.

경지가 높다 보니 구화검의 경지를 파악조차 못 하는 현실이 대체 무슨 의미인지, 아주 잘 아는 것이다.

운검이 직감적으로 느끼고 있는 구화검의 경지는, 신권과 혜검을 동시에 상대해도 패퇴시킬 수 있을 만큼 높다.

그럼 매화검까지 끼면?

우세에 가까워질 것이다.

하지만 우세해진다고 해도 문제가 있다. 그것도 매우 큰 문제다.

매화검까지 전투에 나서게 되면 소향에 대한 경호가 텅텅 비게 된다. 셋이 달라붙어 압도적으로 밀어 붙일 수 있다는 확실한 근거가 없는 상황이다.

만에 하나라도 구화검이 소향을 은밀히 공격할 수 있다면?

소향은 십 중 십의 확률로 죽음을 면치 못할 것이다. 마녀에 대한 일전에 소향이 차지하는 비중은 엄청나다. 이 어린 나이에 이미 군사의 위를 처음부터 맡았고, 지금까지 유지 중인 여인이다.

반드시, 절대로 죽어서는 안 되는 인물인 것이다. 그래서 검란 소저가 항시 소향에게 붙어 있는 것이다.

"검란 소저."

"……."

운검의 부름에 검란의 신형이 뒤로 쭈욱 물러났다. 그리고 그녀가 있던 자리를 어느새 운검이 다시 차지했다.

"언니. 진짜 목적은 진 오라버니예요. 저자는 단지 저희를 여기에 잡아둘 생각밖에 없어요. 어떻게 방법이 없을까요?"

"……."

소향은 일단, 어떻게든 태산현으로 돌아가야 한다고 생각했다.

그걸 지금 제일 첫 번째 행동 방침으로 정했고, 그러기 위해서는 구화검을 반드시 뿌리칠 필요가 있었다. 그냥 검란 소저가 업고 달리면? 잡힐 것이다.

이 확률도 십 중 십이다.

구화검 정도의 무인이, 그것도 검수가 경신법, 보법이 부족할 리가 없었다.

화산의 암향표(暗香飄)는 일절이다. 무당의 제운종(梯雲從)도 일절이다. 신권이 사용하는 금강부동신(金剛不動身) 또한 마찬가지다.

하지만 구화공의 경신법도 분명 이 세 가지의 경신 공부와 비교해서 뒤떨어지지 않을 것이다.

"언니……."

"기다려 봐."

"……."

말문을 닫는 소향. 기다리고 싶었다. 보채고 싶지 않았다.

하지만 태산현에 있는 무린이 너무 걱정됐다.

그의 안위는 앞으로의 일에 큰 영향을 미치게 될 것이다. 특히 그이 비천신기는… 반드시 지켜야만 하는 내력이다.

그걸 마녀에게 빼앗기는 건, 차라리 무린의 목숨을 끊어서라도 막아야 하는 일이다. 이 부분은 소향 혼자 가슴에 담고 있는 생각이지만 아주 확고한 생각이기도 했다.

구화검은 고요했다.

움직이지 않고, 그 자리서 고요히 검을 늘어트리고 서 있을 뿐이었다. 역시나 목적이 명확히 보이는 행동이다.

그럴수록 속이 타는 건 당연히 소향이었다.

하지만 이 상황을 타개할 변수가 급속도로 전장으로 가까워지고 있었다.

음?

죽립이 살짝 갸웃거리더니, 구화검의 시선이 정면에서 벗어나 좌측으로 틀어졌다.

동시에 세 사람의 시선도 같이 그 쪽으로 따라갔다. 쉭! 하고 내려서는 인형. 검을 가슴에 품고, 긴 생머리를 층층이 묶은 여인이 서 있었다.

소검후(小劍后), 이옥상. 그녀가 결국 전장을 찾아 온 것이다.

소향의 눈동자가 이옥상을 보면서 단번에 밝아지기 시작

했다. 사사삭! 그림자 같은 검은 신형이 크게 돌아서 접근해 왔다. 예하였다.

이옥상의 곁으로 간 예하가 단문영을 풀러 자신의 등에 단단히 고정했다. 힘없는 단문영의 음색이 다시 나온 것도 이때였다.

"시작… 소수와… 진 대주님이… 전투를 시작했어요……."

그에 얼굴이 잔뜩 찌푸려진 소향이었다.

역시나, 생각했던 대로 목적은 무린이었다.

단문영의 말을 들은 혜검, 신권, 매화검, 그리고 소검후가 즉각 구화검에게 달려들었다.

第百八十七章　素手（素手）二

귀환병사

‘이런…….’

단문영이 의식을 잃었다.

자신이 처한 상황에 단문영이 성치도 않은 몸을 순간적으로 혹사시킨 것이다. 소수라는 단어가 가져온 결과였다.

단문영은 누구보다 불가해와 전설에 대해 잘 아는 여인이었다. 당사자가 주인이었기 때문이었다.

그 때문에 무린이 지금 얼마나 위험한 상황에 처해 있는지 알아서, 순간적으로 이성을 살짝 잃어버렸다.

정소민은 점소이를 불러 한가로이 차를 즐기고 있었다.

무린은 막지 않았다.

좀 전에 정소민과 했던 대화는 모조리 잊어버리기로 했다. 그리고 그녀의 목적이 무엇일지를 생각해 봤다.

'적어도 내 목숨은 아니다. 비천신기를 지닌 나를 죽일 생각은 아닐 거야.'

불행 중 다행이라고 해야 할까?

소수의 전승자와 만났어도, 무린은 정말 웃기게도 자신은 죽지 않을 거라 예상했다.

아니, 이건 확신에 가까웠다. 왜? 당연히 비천신기 때문이었다.

비천신기는 마녀에게 반드시 필요한 내력이다. 그래서 굳이 마녀가 직접 소요진까지 행차해 무린의 몸에 심고, 개화까지 시켰다. 그런 수작업까지 행한 비천신기는 무린이 죽으면 무(無)로 돌아간다. 그러니 자신은 죽이지 않는다는 확신이 섰다.

'전투는… 있다. 이건 분명해.'

그렇다고 전투가 없을 거라는 생각도 하지 않았다. 무린은 초감각으로 왕여옥의 호승심을 읽었다. 그녀는 지금 조용히 있지만… 자세히 보면 아니었다. 탁자 밑으로 손을 쥐었다 폈다 하고 있었다.

그리고 때때로 혀로 입술을 한 번씩 훔치고 있었다. 입가가

메말라서? 아니다. 가슴 깊은 곳에서부터 타오르기 시작한 호승심을 참으면서 반사적으로 나오는 행동일 것이라 무린은 판단했다.

그리고 자신이 느낀 걸 정소민이 모를 리도 없었다. 하지만 말리는 기색이 아니었다. 지금 현재 정소민의 행동은 무슨 일이 일어나든, 마치 관심 밖이라는 기색을 풍기고 있었다. 방관이다.

즉, 행동해도 좋다는 무언의 긍정이다.

무린은 아직 왕여옥이 눈치를 보는지라 움직이고 있지 않지만, 분명 손을 쓸 거라 생각했다. 그건 자신일 것이라 확신했다.

이 여인은… 비천신기의 주인인 자신과 겨뤄보고 싶은 것이다.

'실전은 없군. 그저 잘 정련된 기세만 있어.'

실전을 겪으면 필연적으로 몸에 갖춰지게 되는 기세가 있다. 그게 정소민에게는 있지만, 왕여옥에게는 없었다. 초감각이 건네준 정보다.

'아니, 실전은 있다. 하지만 비슷한 경지와 붙은 적은 없어. 생사결이 없었던 거야. 그렇군. 목적이 이해가 간다.'

자신을 만나러 온 이유.

그건 제자이자 양녀인 왕여옥의 실전 때문이었다. 앞으로 펼쳐질 거대한 전쟁에 앞서, 실전 경험을 만들어주고 싶었던 것이다.

이곳은 태산.

마침 금제는 풀렸고 무린이 태산으로 돌아왔다. 그러니 자신만큼 좋은 상대도 없을 거라는 생각을 했을 테고, 바로 움직였다.

그리고 그걸 위해 인질까지 잡았다.

그게 바로 제갈선혜다.

'받아준다.'

도망갈 무린이 아니다.

그리고 어차피 싸워야 할 적이다. 미리 견식해 보는 것도 나쁘지 않을 것이다. 그러면서도 하나 떠오르는 생각.

'도대체 얼마나 여유가 있으면……'

이 상황에 저런 짓을 할 수가 있는지.

아, 마녀를 닮고 싶어 하는 여인이니 이런 이해 불가능한 일도 충분히 저지르고도 남을 거라는 생각이 들었다.

무린이 침묵을 깼다.

"진무장으로 가지."

"호호, 이제야 아셨나보네요?"

"미안하군, 알아차리는 게 늦어서. 먼저 가 있겠다. 위치는 알 테니 찾아오도록."

무린은 그렇게 말하고 자리에서 일어났다. 일어나서는 제갈선혜를 향해 일어나시죠, 하고 짧게 말하자 제갈선혜가 잠시 눈치를 보다가 일어섰다.

무린이 먼저 걸음을 떼자 조심스럽게 무린의 뒤를 따라오는 제갈선혜. 무린은 계단을 내려서며 비천대에게 짧게 말했다.

"허튼짓 말고 뒤만 따라와라."

"네."

장팔이 대표로 대답하고 제갈선혜의 좌와 우, 사방을 점했다. 무린이 계단을 내려서자 엉덩이를 의자에서 떼는 정소민과 왕여옥이 느껴졌다. 무린은 바로 일 층으로 내려갔다. 그리고 객잔을 나서서 예전에 사놓았던 진무장으로 걸음을 돌렸다.

"저……."

"걱정 마십시오. 이제 끝났습니다. 저들의 목적은 저와의 전투입니다."

"네?"

"왕여옥이라고 했던 여인. 그 여인은 강하지만 생사결의 경험이 없습니다. 그래서 저와 대결을 시켜보고 싶은 겁니다. 실제… 목숨을 건 치열한 전투를."

"그것 때문에 이렇게 번거로운 짓을 한 건가요?"

제갈선혜가 되물었다.

실제 번거로운 짓이 맞다. 게다가 이해도 별로 안 될 일이다. 그녀의 입장에서는 결코 이해가 안 갈 일이다.

적을 상대로, 겨우 실전 경험?

"이해하려고 하지 마십시오. 어차피 이해 불가능한 족속들입니다."

목적도, 그 목적을 위해 취하는 행동도.

전부 미친 짓거리들이다.

"그런가요?"

"네, 상식선에서 생각해서는 절대로 이해할 수 없는 일이 앞으로 무수히 벌어질 겁니다. 이 정도는… 평범한 정돕니다."

맞다.

마녀의 목적을 생각하면, 소수의 전승자가 하는 행동은 애교에 불과하다. 이 정도는 그냥 웃으면서 이해할 수 있는 행동이었다.

그리고 차라리…….

'잘됐어. 어차피 나도 필요했으니까.'

더욱더 강한 자와의 대결이.

걸음을 좀 빨리했다. 진무장은 생각보다 가까운 곳에 있었다. 일각 정도 걷자, 먼지에 쌓인 진무장이 보였다. 문을 열고 안으로 들어가니 바로 작은 연무장이 보였다. 무린은 여기 말고 더 안쪽으로 들어갔다.

그러자 훨씬 큰 무린의 개인 연무장이 나왔다. 제갈선혜는 따로 가지 않고, 뒤쪽 마루에 앉았다. 그리고 숨을 후우… 깊게 내쉬었다. 긴장이 조금씩 풀리기 시작한 것이다. 비천대가 그녀의 앞을 막았다.

무린이 비천흑룡을 조합하고 기다리길 반각 정도가 흐르자 무린이 왔던 길로 정소민과 왕여옥이 들어섰다.

"바로 시작할까요?"

"그러지."

몸은 푸는 과정은 사실 필요 없다. 이미 긴장으로 인해 몸은 충분하다 못 해 넘치게 풀렸다.

"부탁이건데, 제대로 해주시길 바라요."

"걱정 말도록."

"……"

무린의 대답에 정소민이 조용히 웃더니, 뒤로 훌쩍 물러났다. 무린은 그녀를 보면서 생각했다. 지금 그 말… 반드시 후회하게 해주겠다고.

무린은 진심이다.

단순한 훈련이라 절대 생각 안 한다는 소리다. 게다가 이는 위기임과 동시에 기회다. 강적의 수를 하나 깎을 수 있는 절호의 기회.

즉, 무린은 왕여옥의 목숨을 취할 생각인 것이다. 정소민의 뜻에 반응한 건 이러한 이유가 밑바탕에 깔려 있었기 때문이었다. 그래서 무린은, 벌써부터 자신의 속내를 숨기기 위해 기세를 제어하고 있었다.

살심은 충분히 제어가 가능하다. 하지만 진심전력으로 가기 시작하면, 그 기세는 필연적으로 피어나게 되어 있다.

무린이 가만히 앞에 서자, 왕여옥도 나와 무린의 앞에 섰다.

나이는 무혜와 비슷해 보였다.

서른 전후.

저 나이에 저 정도 경지에 오른 것은 분명 타고난 자질과 오성이 뒷받침됐을 것이다. 눈매는 날카로웠다.

보통 여인을 꽃에 비교한다.

저 여인은… 아름답지만 가시가 잔뜩 난 위험한 꽃이다.

위험한 꽃이니까, 제거한다.

아무런 조짐도 없이 왕여옥의 손이 색체가 변했다. 푸르스름해졌다가 희게 명멸하더니, 이내 투명하게, 정말 뼈까지 보일 만큼 투명하게 변했다.

'저게 소수.'

소수의 특징이 있다.

지독할 만큼 단단하다는 것.

유구한 강호의 역사 동안, 소수가 깨졌다는 얘기는 단 한 차례도 없었다고 소향이 그랬다. 옛 강호. 지금보다도 훨씬 경지가 높은 무인들이 많았던 그 당시에도 그랬다. 소수는 절대로 깨지지 않았다고.

"깨주지."

내가.

기이잉!

비천신기가 마구 울부짖었다.

동시에.

무린의 몸이 급속도록 전방으로 쏘아졌다. 무린이 유일하게 아는 경신법이자 보법인 무풍형이다.

퉁.

촤라락!

손바닥 안에서 빙그르 회전하며 얻어진 전사력을 포함해, 비천신기의 관통의 내력이 포악하게 일렁이는 비천흑룡이 빛살처럼 쏘아졌다.

툭.

비천흑룡은 멈췄다.

왕여옥의 손바닥에 막혀서.

그걸 확인한 무린의 입가에 싸늘한 미소가 걸리기 시작했다.

*   *   *

어떤 파열음도 없이 멎어 있다. 비천신기를 잔뜩 머금은 비천흑룡이 말이다.

그걸 눈으로 본 무린은 믿을 수 없다는 기색 같은 건 짓지 않았다. 오히려 당연하다고 생각했다. 절대 깨지지 않았다는 전설의 전승자다. 이 정도도 막지 못해서야… 긴장한 의미가 없지 않은가.

이미 예상을 했기에 충격보다는 왕여옥이 그랬던 것처럼 살심을 섞은 호승심이 불처럼 타올랐다.

촤악!

비천흑룡을 회수한 무린은 즉각 창을 분해했다. 끼릭! 소리가 나면서 단봉과 단창으로 나눠 양손에 각각 쥔 무린의 행동은 한 호흡에 끝날 정도로 빨랐다. 사사삭, 소리와 스가앙! 소리가 동시에 울렸다. 그 소리가 날 때 이미 무린의 고개는 뒤로 젖혀지고 있었다. 허리까지 직각으로.

왕여옥이 어느새 무린의 코앞에서 소수를 휘두르고 있었다. 무린은 막을 생각을 하지 않았다. 소수는 단지 절대 깨지지 않는 것만이 아니다. 깨지지 않는 것에 하나 더 더해야 한다. 무엇이든 부수는 절대적 힘.

뚫고, 깨부수는 것도 소수의 특징 중 하나였다. 무린은 비천신기를 믿는다. 하지만 맹신하지는 않았다.

신기라 불려도 좋을 만큼 막대한 효능을 보여주지만, 소수의 앞에서도 그게 통할지 안 통할지는 일단 확실한 상황에서의 실험이 필요하다고 느꼈다. 그리고 좀 전, 이미 비천신기는 막혔다.

'탐색.'

이 같은 마음가짐을 가진 무린은 뒤로 좀 더 물러났다.

삭, 사삭.

삼 장 거리를 순식간에 뒤로 물러났다가, 다시금 달라붙었다. 단창과 단봉. 이는 초근접전으로 몰고 갈 작정에서 나온 자세다.

타다다닷!

지면이 흙이 마구 튀어 올랐지만 무린의 모습은 보이지 않았다. 갈 지(之) 자를 그리면서 무린의 신형이 흐릿해졌다. 후웅! 떠오른 흙이 뒤늦게 일어난 바람에 밀려 날렸다.

사악!

어느새 왕여옥의 어깨 옆으로 이동한 무린이 단봉을 가열차게 휘둘렀다. 수려한 곡선을 그리며 왕여옥의 후두부를 노리고 들어가는 단봉의 앞에 어느새 왕여옥의 소수가 막아섰다.

쩡!

소수와 단봉이 마주치자 단봉은 맥없이 튕겨 나갔다. 반대로 왕여옥의 소수는 조금도 밀려나가지 않았다. 밀린 것이다.

그러나 무린은 실망하지 않았다. 어차피 예상했던 일이기 때문이다. 이 한 번의 공격으로 승기를 잡을 수 있을 거라는 생각은 아주 조금도 하지 않고 있는 무린이다.

튕겨 나가는 단봉의 힘을 슬며시 제어하는 무린, 하체가 엇갈리면서 허리가 비틀린다. 그 순간 회전이 시작됐다.

팔은 곱게 펴지고, 이내 자세가 살짝 낮아졌다. 낮아지는 자세에 따라 단봉 또한 궤적의 변화가 생겼다.

쉭! 쳣소리를 내면서 단봉이 무릎을 노리고 벼락처럼 떨어져 내렸다.

쿵!

소수와 충돌은 없었다. 대신, 지면과 충돌했다. 왕여옥은 무릎을 노리는 일격을 막지 않았다. 그저 뒤로 물러나 피하는 걸 택했다. 그에 무린은 겉으로는 내색하지 않았지만, 속으로는 눈을 빛냈다.

이걸 막지 않고 피했다.

'자세가 무너지는 것은 싫다… 이거지?'

이게 뜻하는 바는 하나다.

여성이 기본적으로 가지고 있는 본능 때문이었다. 무린의 공격을 막으려면 필연적으로 소수가 동반되어야 했다. 하지만 그러려면 자세가 엉거주춤하게 될 테니, 그냥 피한 것이다. 그런 모습을 취하는 게 싫기 때문에.

'막았으면 반격으로 딱 이었어. 좋아……'

그렇다면 전투 방식에 변화를 주어야 한다는 생각이 즉각 들었다. 타닷! 무린은 자세를 완전히 낮춘 상태에서 앞으로 신형을 폭사시켰다.

'하체 공격은 일체 배제!'

오직 상체다.

물러나 있던 왕여옥의 지척까지 다가 선 무린의 신형이 쭉 펴졌다. 활처럼 펴지는 허리에 이어 오른손의 흑룡이 날카로운 어금니를 번뜩였다.

스가악!

공기를 찢어발기면서 새하얀 빛을 발하는 흑룡의 날이 왕여옥의 가슴을 노렸다. 그에 왕여옥의 안색이 살짝 찌푸려졌다.

공격 지점이 가슴이었기 때문이다. 그러나 무린은 전혀 신경 쓰지 않았다. 여인이라서 봐준다고? 지켜야 할 것?

그런 것 따위는 생존 앞에 모조리 버린 지 오래다.

강호의 오랜 암묵적 규칙 중 하나.

여인에게는 가슴, 그리고 낭심에 대한 공격 금지.

'개나 줘버려, 그 따위 것!'

비무?

왕여옥에게는 비무일지 몰라도 무린에게는 아니었다. 이는 생사를 건 대결이다.

쩡!

왕여옥의 소수가 무린의 단창을 막았다. 또 튕겨 나가나? 이번엔 아니었다. 그그극! 막히는 순간 창대를 역수로 쥐어 그대로 곧추 세웠다. 그리고 힘으로 찍어 눌러갔다. 소수의 내력과 비천신기가 처음으로 제대로 붙었다.

그극! 그그극!

마치 두꺼운 철판을 송곳으로 찌르는 모양새였다.

"흥!"

왕여옥이 코웃음과 함께 손을 쭉 펼쳐 무린을 밀어냈다. 그러자 단창이 주르륵 뒤로 밀려났다. 거기에 더해 무린의 신형도 붕 떠올라 뒤로 밀려났다. 탁, 바닥에 착지한 무린의 안색이 찌푸려졌다.

'비천신기보다 위다.'

힘으로는 비천신기가 밀리고 있었다. 그게 아니라면 밀어낸다고 밀릴 이유가 없었다.

왕여옥의 신형이 흐릿해졌다. 무린은 즉각 뒤로 옆으로 회전하면서 단창을 휘둘렀다. 쩡! 소리가 나면서 무린의 신형이 반대로 강제로 돌았다. 이번에도 힘에 밀린 것이다. 그러나 무린의 감각적인 이 격이 시작됐다.

그 힘에 거스르지 않고 신형을 도는 힘에 오히려 더욱 탄력을 줬다. 동시에 팔이 펴지면서 단봉이 왕여옥의 관자놀이를 노렸다. 쩡! 왕여옥은 그 공격을 조금 급히 막아냈다. 살짝 흠칫하는 기색을 무린은 느꼈다.

'확실히……!'

전투 감각은 별로다.

자질과 오성은 확실히 빼어날 것이다. 그러나 그것과, 육체적 전투 자질과 오성은 별개다. 머리와 신체는 완전히 다른 영역이라는 소리다. 정소민이 굳이 무린을 찾아 온 이유가 있었다.

'이 정도면… 탈각 무인 둘이면 반드시 죽인다.'

아니, 탈각 무인까지도 필요도 없었다.

지금 옆에 백면이나 남궁유청 중 한 명만 있었어도 왕여옥의 목은 적어도 반 시진이면 따버릴 수 있겠다고 생각했다.

정소민도 그걸 아니 무린을 찾은 것이다. 본격적인 개전 전에 왕여옥이 전투 감각을 익히게 하려고 말이다.

여기에는 왕여옥이 위험에 처하더라도 자신이 막을 수 있다는 계산이 있었을 것이다.

'하지만⋯⋯.'

상대를 잘못 골랐다.

무린은 숨통을 물어뜯을 것이다. 왕여옥의 실전 감각 향상을 위한 상대가 되어줄 생각은 아주 조금도 없었다.

슉!

무린은 다시 파고 들어갔다. 근접전, 한 방을 위한 밑밥이다. 쩡! 단창의 궤적이 소수에 막혀 슬쩍 엇나가기 시작했다. 쿵! 무린은 진각을 밟아 자세를 바로 세웠다. 엇나가던 단창이 우뚝 멈춰 섰다.

퉁!

손목을 위아래로 살짝 흔들자 단창의 끝이 요동쳤다. 내려왔다가 다시 올라가는 단창.

무린은 정점에 오르기 전에 힘을 줘 밑으로 눌렀다가, 다시 손목을 위로 꺾어 추켜올렸다. 그 힘을 받아 단창이 수직으로 솟구쳤다.

턱을 노리고 들어가는 일격이다.

슉!

팔을 휘두를 간격이 안 나오자 왕여옥은 고개를 뒤로 틀고 뒤로 훌쩍 물러났다. 물러나는 왕여옥을 보면서 무린은 다시 눈을 빛냈다.

'단점 발견.'

왕여옥의 단점이다.

실전 경험이 많지 않으니, 충분히 막을 수 있음에도 계속해서 회피한다. 게다가 소수의 단점도 있다. 소수가 씌워지는 곳은 단어에서 알 수 있듯이 손이다. 더 정확하게 설명하자면 다섯 개의 손가락 중 가장 긴 중지 끝부터, 손목까지다.

손목 아래도 가능하겠지만, 그건 내력의 낭비다. 면적이 넓어지면 넓어질수록 소모되는 내력의 양은 기하급수적으로 올라가니까. 그래서 무린도 항상 창날에만 신기의 내력을 담는다.

'오감의 반응을 먼저 보자.'

결정적인 일격을 위해서 확인해야 할 사항이다.

팟!

무린의 신형이 흐릿해졌다.

쉬아악!

쾌속으로 왕여옥의 주변을 돌아 어느새 뒤로 접근했다. 그 순간 왕여옥은 이미 무린을 마주보고 있었다. 시각 반응은 꽤 빨랐다.

툭, 무린은 움직이는 와중에 슬쩍 돌을 쳤다. 발길질에 날아간 돌이 왕여옥 근처에 뚝 떨어지자 왕여옥의 시선이 살짝 돌아가는 게 보였다. 청각 반응도 양호. 촉각, 후각과 미각은 뺐다. 당장 확인할 수 없으니까.

남은 건 육감이다.

무린의 눈동자에 우윳빛 광체가 맺혔다. 초감각에 접속하는 신호다. 왕여옥의 눈동자를 봤다. 여전히 그대로였다.

무린이 초감각에 세계에 들었는데도 변화가 없다. 위화감을 감지 못한 것이다.

'육감은 별로군.'

오감은 양호하지만, 다행히도 왕여옥의 육감은 그리 뛰어난 것 같지 않았다. 이는 하나의 변수가 될 것이라 생각했다.

스윽.

왕여옥의 하체 의복이 슬쩍 밀려나왔다. 미약한 돌출이지만 무린의 시선에는 그게 너무 금방 보였다.

나오는 이유는 하나다.

무릎이 굽혀지면서 앞으로 나오니, 의복이 밀린 것이다. 무릎을 굽힌다는 건 역시 딱 하나를 의미했다.

위치 이동 및 공격.

치맛자락이 살짝 떴다. 게다가 정확히 무린 쪽으로 무릎이 굽혀져 있었다. 공격이었다. 잠깐 멈칫하는 순간 왕여옥의 신형이 사르르 녹아내리는 것처럼 흐려졌다. 초감각에 접속하지 않았다면 그냥 바로 사라지는 것처럼 보였을 것이다.

그 순간 무린도 앞으로 무릎을 굽혔다가 폈다.

촤아악!

쩌엉……!

극히 짧은 순간에 서로 교차하며 파공성을 터트렸다. 그 교차의 순간에 이미 한차례 서로 공격을 주고받은 것이다.

"……."

"……."

서로 위치를 바꾼 뒤, 무린은 다시 천천히 뒤로 돌았다. 볼이 살짝 뜨거웠다. 그 짧은 순간 소수가 볼을 스쳐 지나갔다. 서로 교차하며 주 무기로 치고 막고 하는 순간, 고개를 옆으로 젖혀 충분한 간격을 확보했다. 그럼에도 베였다.

검기와 비슷한 수기(手氣)였다.

수기의 길이가 조금만 더 길었어도 큰일 날 뻔했다. 하지만 무린만 당한 것도 아니었다. 왕여옥의 볼에도 가느다란 혈선이 가기 시작했다.

무린도 스쳐 가는 순간 공격을 먹인 것이다.

압도하지 못했지만, 그래도 서로 주고받았다.

왕여옥의 손이 볼을 스윽 닦아 내려갔다. 그리고 제 손을 바라보더니, 이내 눈빛이 확 변했다.

안 그래도 찢어져 있던 눈매가 더 찢어지니 마치 귀신처럼 보였다.

그러나 무린은 오히려 그 모습에, 더 눈을 빛냈다.

'좋아…….'

흥분했다.

흥분은 판단을 흐리는 마물이다. 경험이 없다는 것은, 이런 부분에서도 취약점을 내비치고 있었다. 그에 무린은 슬슬 준비를 해도 좋겠다고 생각했다.

척!

무린의 자세가 낮아지며 다시금 전투 준비에 들어갔다. 그러자 왕여옥이 유령처럼 흐려지며 재차 사라졌다.

사라진 왕여옥을 무린은 시각으로 쫓지 않았다. 스르륵, 불쑥 등 뒤로 생겨나는 왕여옥의 신형을 초감각으로 느낀 무린의 신형이 쾌속으로 회전했다.

쩡!

소수와 단창이 다시 부딪쳤다. 무린은 부딪치는 순간 역방향으로 비틀었다. 날이 한 바퀴 빙글 돌아 소수의 영역을 빠져나갔다.

스가악!

빠져나간 단창은 왕여옥의 손목을 타고 물수리처럼 날았다. 날아오르는 단창의 날이 왕여옥의 가슴을 다시금 노렸다. 그에 왕여옥의 인상이 다시금 찌푸려지는 걸 무린은 찰나에 포착했지만 당연히 멈추지 않았다.

삭.

왕여옥의 신형이 뒤로 쭉 빠져나갔다. 그러나 무린의 단창이 이미 왕여옥의 앞섶을 스쳐 버렸다. 사르르 벌어지는 사이로 뽀얀 살결이 보였다.

왕여옥의 시선이 무린에게 꽂혔다. 찢어죽일 듯이 살벌한 그 눈빛에 무린은 조금도 반응하지 않았다. 오히려 다시 몸을 날렸다. 파삭! 지면이 깨지면서 무린의 신형이 흐릿해졌다.

작은 틈을 만들었다. 이제부터 몰아붙이고, 더 몰아 붙여, 그 틈을 더욱 크게 만들 작업을 할 때였다.

왕여옥은 벌어진 의복 틈을 어떻게 고칠 새도 없이 들어오는 무린을 피했다. 뒤로 쭉쭉 빠지면서 간격을 벌리려고 했다.

그러나 무린은 악착같이 달라붙었다. 강호의 여인을 상대할 때 지켜야 할 암묵적 규칙? 그딴 건 무린에게 아주 조금도 중요하지 않았다. 목적, 지금의 목적만 무린은 생각했다.

퐝!

단봉이 쭉 들어가 왕여옥의 복부, 하단전을 노렸다. 하지만 왕여옥의 신형은 그 전에 흐릿해지면서 무린의 오른쪽으로 빙글 돌았다. 그러면서 동시에 투명한 소수가 무린의 관자놀이를 노리고 휘둘러졌다. 손의 주변의 공기가 일렁이고 있었다.

'위험!'

묘하게 이질적인 느낌을 무린은 포착했다. 초감각의 보내주는 그 느낌, 무린은 무시하지 않았다.

기이잉!

비천신기가 급속도로 회전해, 그 속도를 급상승시켰다. 온몸으로 흘러들어가는 신기의 내력을 다시금 단봉으로 주입, 피하지 않고 소수에 맞섰다.

쾅!

이전과는 전혀 다른 충돌음이 발생했다. 화탄이 터진 것처럼, 고막을 일순간 자극하는 소음이었다.

왕여옥의 아미가 살짝 찌푸려졌다. 그 소음을 대비하지 못한 것이다. 하지만 무린은 이미 청각을 살짝 차단해, 그 소음에 대비를 했었다.

아주 짧은 틈이 다시 생겼다.

튕겨 나가는 단봉의 궤적을 제어해, 회전으로 바꿨다. 그후 양발이 교차하면서 허리도 동시에 뒤틀렸다.

풍차처럼 뱅그르르 도는 무린.

스각!

극히 짧은 순간 펼쳐진 무린의 공격에 왕여옥은 이번에도 바로 반응하지 못하고 가슴 쪽에 단창의 날이 스쳐 지나가는 걸 허용하고 말았다. 이번에도 사르르 갈라지는 의복 사이로 살결이 내비쳤다.

그에 왕여옥의 입술이 말려 들어갔다. 수치심을 느낀 것이다. 하지만 육성으로 무린에게 뭐라고 하지 않고, 그저 살심을 가득 담아 노려보기 시작했다. 처음엔 아마 가벼운 마음이었을 것이다.

정소민은 분명 왕여옥에게 실전 경험을 쌓아라.

비천무제면 적당할 것이다.

이렇게 말했을 것이다. 왕여옥은 분명 강했다. 무린의 비천신기도 전설이라 불리는 소수공에 조금도 타격을 주지 못했다.

비천신기는 삼륜공을 바탕으로 탄생했다. 그렇기 때문에 당연히 회전, 관통의 성질을 분명하게 갖추고 있었음에도 소수에는 맥없이 튕겨 나가기만 했다. 진심전력의 비천신기로 상대한다 해도 왕여옥의 소수는 뚫지 못할 게 분명했다. 그만큼 왕여옥의 경지도 만만치 않았다.

그걸 아니 정소민은 비천무제로 정한 것이다. 적당한 것은 의미가 없으니까. 그리고 실전기예의 달인이라 평가되는 비천무제다. 왕여옥에게 무린만큼 적당한 상대도 없었을 것이다.

하지만 그건 정소민의 오판이다.

그것도 아주 제대로 잘못 짚었다.

많은 이유가 있겠지만, 가장 큰 차이는 하나다.

전투에 임하는 마음가짐이 달랐다.

*　　　*　　　*

쉬익!

무린의 무린의 단창이 아래에서 위로, 수직으로 솟구쳤다.

역수로 쥐고 후려쳐 올리니, 걸리면 턱부터 푹! 하고 뚫릴 것이다. 하지만 왕여옥이 그렇게 쉽게 당할 경지는 아니었다.

손이 휘릭! 하고 휘둘러지니 그 손에 담긴 소수가 단창을 강하게 쳐 버렸고, 무린의 신형이 옆으로 쭉 밀려났다.

힘에서 밀렸다. 어차피 예상했던 일이었다.

소수공은 내력의 공부였다. 오가나 구파처럼 초식의 흐름이 있는 건 아니었다. 그러니 공격하는 투로는 조금 단순한 면이 있었다. 하지만 단순 무식하게 공격을 가한다고 해도, 소수는 소수다. 그 자체로 정면 대결은 반드시 피해야 하는 전설임은 분명했다.

바닥에 착지한 무린의 신형이 뒤로 쭉 물러났다.

쾅!

그 순간 무린이 사라진 공간에 왕여옥이 나타나 거칠게 소수를 후려쳤다.

지면이 폭발하면서 흙이 비산했다. 그 사이로 왕여옥의 시선이 정확히 무린을 쫓아왔다. 탁, 등 뒤로 차가운 돌담의 느낌이 들어왔다.

스르륵! 무린은 당황하지 않았다. 담을 타고 옆으로 쭉쭉 내달렸다. 푹! 푹! 푹! 무린이 지나가는 곳의 돌담에 소수가 푹푹 쑤셔 박혔다. 촌각의 차이였다. 조금만 늦어도 담이 아닌, 무린의 몸을 뚫었을 것이다.

쾅!

다시금 폭음이 터졌다.

네 번째는 뚫는 게 아닌, 손바닥으로 후려쳐 돌담이 포탄이라도 맞은 것처럼 터져나갔다. 와악! 꺄악! 하는 비명이 들렸다. 진무장 근처를 오가는 이들의 비명이었다. 무린은 신형을 슬쩍 비틀어 다시 뒤로 몸을 날려 연무장 중앙으로 이동했다. 왕여옥도 무린을 쫓아 들어왔다.

지직!

멈춰서는 하체가 탄성을 이기지 못하고 뒤로 조금 밀렸다. 그 순간 왕여옥의 소수가 무린의 면전을 향해 날아왔다.

쩡!

무린은 이번에는 피하지 않고, 단봉에 비천신기를 가득 주입해 소수의 옆면을 슬쩍 밀어 쳤다. 그러자 소수의 궤적이 슬쩍 변해, 무린의 옆을 스쳐 지나갔다. 동시에 왕여옥의 신형도 무린을 교차하며 지나갔다. 그 순간, 무린의 눈빛이 번쩍였다.

쾌속으로 도는 신형.

그 사이 단창을 역수로 쥐고 신형을 왼쪽으로 빙글 회전시켰다. 그리고 아래서 위로, 단창을 그대로 찔러 넣었다.

푹!

무린의 단창이 왕여옥의 턱을 아래부터 뚫고 들어갔다. 순식간에 벌어진 일이었다. 정말 눈 깜빡할 사이에 벼락처럼 무린의 공격이 왕여옥의 턱을 뚫어버렸다.

"……."

"……."

왕여옥은 정면을, 무린은 시선을 돌려 정소민을 바라봤다. 그녀의 눈빛에 의문의 빛이 들어 있었다. 지금 벌어진 상황을 순간적으로 인지하지 못한 것이다. 눈으로는 담았다. 그렇기 때문에 정보는 뇌로 전달되고 있지만 그걸 가슴이 거부하는 것이다.

설마 이렇게 허무하게… 당할 거라고는 전혀 예상하지 못했기 때문이다.

무린은 일부러 가슴을 공격했다. 그래서 화나게 만들었고, 자신을 마구 공격하게 만들었다. 경험이 없다는 것은 조그마한 일에도 흥분할 수 있다는 걸 뜻했다. 경험이 있었다면 무린의 공격에 숨겨진 노림수를 한 번쯤은 생각했을 것이다.

그러나 그러지 않았다.

그저 무린이 자신의 가슴을 공격했다는 사실에 화가 활활 타올랐고, 그걸 진화도 안 하고 무린을 공격했다.

그 대가가 이거다.

허망한 죽음.

"온실 속의 화초는 결국 밖으로 나오면 말라 죽을 뿐이지."

맞는 말이다.

따뜻한 공간에서 주인의 사랑을 마음껏 받고 큰 화초는, 밖으로 나오면 혹독한 환경을 이기지 못하고 말라 죽는 법이다.

그것도 지금은 혹한을 만났다.

버티지 못하는 게 당연했다.

그걸 간과한 죄, 오판한 대가는 돌이킬 수 없는 결과만 불러왔다. 물론, 그건 정소민과 왕여옥에게만 해당된다. 무린은… 정반대였다. 오히려 원하는 바를 이루었다.

"……"

무린의 나직한 말에, 정소민은 대답하지 않았다. 다만 눈동자에 생기가 들어왔다. 그리고 여전히 무린의 단창에 꿰여 있는 왕여옥을 바라봤다.

왕여옥의 얼굴에는 이미 생기가 사라져 있었다. 내력으로 버틴다? 그것도 그러고 싶다는 의지가 있어야 가능한 일이다. 무린의 비천신기는 턱을 뚫고 들어가는 순간 이미 뇌 전체를 헤집어 버렸다.

뚫고 녹여 버렸다. 뇌가 곤죽이 되면서 생각할 의지 자체가 사라졌으니, 호흡도 그 순간 멎었다. 호흡이 멎으면서 심장의 두근거림 또한 천천히 멎었다.

신체 활동 정지.

그게 뜻하는 바는 사망(死亡)이다.

푹.

무린은 창을 뽑아냈다.

푸확!

창을 뽑자마자 피가 분수처럼 쏘아졌다. 위로가 아닌, 아래로 솟구쳤다. 바닥을 금세 적시고, 비릿한 혈향이 연무장을 덮어갔다.

스르륵.

왕여옥의 신형이 무너졌다. 무린은 왕여옥의 멱살을 탁 하고 잡아, 정소민에게 확 던져 버렸다.

날아가는 왕여옥을 가볍게 받아 드는 정소민.

"……."

바닥에 천천히 눕힌 후, 품에 안고 가만히 바라봤다. 도저히 믿을 수 없는 결과에 정소민의 눈동자가 파르르 떨렸다. 작게 여옥아, 하고 불러보지만 대답할 리가 있나. 이미 죽었는데. 여옥아, 하고 다시 부르는 정소민. 그러나 역시 대답은 없었다.

그걸 보던 무린이 조용히 입을 열었다.

"장팔."

"네."

"제갈 부인을 모시고 나가라. 전부 다 같이. 후폭풍이 온다."

"하지만 대주……."

"너희들은 일 수도 감당 못 해. 오히려 내 행동에 제약이 될 뿐이다. 잔말 말고 말 들어."

"네……."

후폭풍이 온다.

사람은 이런 극한의 상황에 부딪치게 되면, 보통 두 가지로 행동거지가 나뉘어진다.

실의에 빠져 절망하거나 분노하거나. 무린은 정소민이 전자에 해당될 것 같지 않았다. 분명 후자다.

거대한 후폭풍이 몰아칠 것이다. 무린은 이것도 계산에 넣었다. 그러니 지금 제갈선혜와 비천대를 후퇴시키는 것이다.

혼자라면 어떻게든 막을 수 있다. 피할 수도 있을 것이다. 이곳은 태산, 지형지물을 이용하는 건 자신 있는 무린이다. 하지만 제갈선혜나 비천대가 공격당해 잡히게 되면? 그런 행동에 제약이 걸린다.

　장팔을 비롯한 태산과 윤복. 그리고 김연호와 연경이 제갈선혜를 대동하고 빠르게 진무장을 벗어났다.

　그러는 동안에도 정소민은 왕여옥만 바라볼 뿐, 어떤 행동도 취하지 않았다. 스윽, 손이 올라가 왕여옥의 뺨을 쓰다듬었다. 사르르, 간질거리듯이 부드럽게 위에서 아래로 몇 차례나 쓰다듬는 정소민. 그녀의 눈동자는 탁했다.

　동공의 색이 빠르게 변하고 있었다. 남보다 좀더 진하던 갈색이 빠르게 탈색되더니 이내 유리알처럼 번들거리기 시작했다.

　"미안하구나, 여옥아⋯⋯."

　조용히 열리는 입술에서 나온 말은 사과였다. 양녀라고 했다. 소수의 기운은 극음(極陰)에 가깝다. 아니, 가까운 정도가 아니라 극음, 그 자체였다.

　그러니 남녀의 교접으로 인한 번식 자체가 불가능했다. 양기 자체가 들어올 수 없기 때문이다. 자식을 나을 수 없으니 양녀를 들였다. 타고나기를 음기가 강한 아이로 찾고 찾아. 그게 왕여옥이다.

　그렇게 십수 년간 가르쳤다. 때를 기다리면서.

　그때가 도래했고, 앞으로 있을 전쟁에 대비해서 나름 급이 맞는다 생각하는 비천무제를 찾아 겨루게 만들었다.

소수는 완성됐다.

남은 건 경험뿐이라는 생각 때문이었다.

그런데… 그게 실수였다.

아니, 경험을 쌓게 하려는 의도는 좋았다. 다만 상대를 잘 못 골랐다. 비천무제. 듣기로는 탈각의 무인. 직접 살펴봤어 도 왕여옥이 당할 것 같지는 않았다. 실전기예의 달인이라 했 으니 여옥이에게 정말 도움이 될 거라 생각한 정소민이었다.

그게 실수였다.

비천무제는… 그녀 자신이 생각한 이상이었던 것이다. 게 다가 살의를 숨기고 있었다. 중간중간 살기가 내비치는 공격 은 있었지만 그건 당연한 일이라 그냥 넘어갔다.

"처… 처음부터 죽일 생각이었나요……?"

목소리가 살짝 떨려, 다시 가다듬고 나온 정소민의 말.

"당연하다. 적을 살려둘 필요가 있나?"

"그랬군요……."

정소민은 이제야 깨달았다.

왕여옥은 연습이라 생각했다. 그녀 자신이 연습이라 생각 하고 임하라고 했으니까, 그렇게 생각했을 것이다. 하지만 비 천무제는 전혀 그렇게 생각하고 있지 않았다. 하나의 틈을 노 리고 있었고…….

"그래서 여옥이를 흔들었군요. 가슴을 공격해 가면서까지."

"여인으로서 공격당하면 수치스러워하는 곳이지. 나는 병사 출신이다. 내게 강호의 예의범절을 애초부터 바라는 게 아니었다."

"살기 위해서라면 무슨 짓이든 한다는 건가요?"

"물론."

무린은 단호하게 대답했다.

살기 위해서라면 악마에게 영혼까지 팔 의향이 있는 무린이었다. 이건 정말 그냥 하는 말이 아니라, 진심이었다. 거짓, 가식 같은 감정은 단 하나도 들어가 있지 않은 참된 자신의 의지였다.

앞으로 벌어질 거대한 대전쟁. 거기서 우세를 점하려면 적의 수뇌부들을 하나라도 줄여 놓는 게 좋다.

게다가 소수의 전승자는 이곳, 산동을 지울 마녀의 군세를 지휘할 자. 당연히 제거해야 할 대적(大敵)이었다.

"그렇군요. 제가 실수했군요."

정소민은 순순히 자신의 실수를 인정했다. 무린은 그 인정에 오히려 긴장했다.

정신적으로 위축되어 있지 않았다. 자신의 실수를 분석하고, 이해할 수 있을 정도의 판단력이 있었다. 냉정을 유지하고 있다는 소리다.

오히려 흥분했으면 상대하기 쉬웠을 것이다. 흥분하면 공격은 단순화될 것이고, 단순한 공격만큼 피하기 쉬운 공격도 없으니까. 그래서 이성을 완전히 잃는 것까지는 무리라도, 어느 정도 흥분해 주기를 바랐다.

그러나 탁해지던 이성을 정소민은 바로 잡았다.

지잉, 지잉!

육감이 경고를 보내왔다. 정소민의 기세가 심상치 않게 변하고 있었다. 끈적끈적한 아교 같은 느낌이었다.

무린은 즉각 알아차렸다.

'살심.'

타인을 죽이고자 하는 마음.

그걸 정소민은 제대로 품었다.

"주께서 필요로 하시는 힘, 비천신기. 아쉬워요. 죽일 수 없다는 게."

정소민이 왕여옥의 시신을 내려놓고, 무린을 마주보고 섰다. 양손은 이미 투명하게 변해 있었다. 왕여옥과는 역시 다른 소수였다. 탁한 기운이 하나도 없는, 정말 불순물이 하나도 없는 동경처럼 투명했다. 모든 빛이 투사되어도 이상치 않을 소수.

보는 순간 직감적으로 느껴졌다.

'저게 진정한 소수……'

무린은 긴장했다.

대답도 하지 않고 신경을 곤두세웠다. 초감각으로 아주 조금씩 느려가는 세계. 흑영도 그 세계에선 느렸었다. 그러나 정소민은… 아니었다. 같다. 초감각의 세계나, 그냥 세계의 움직임이나 무린의 시각으로 느껴지는 움직임의 속도가 같았다.

"그렇다고 봐줄 수는 없겠지요. 우리 여옥이를… 죽였으니까. 생각할 머리와 심장은 고이 보전시켜 드리지요. 단… 팔하나, 다리 하나는 받아가겠어요."

목소리의 고저가 없었다.

음이 높낮이가 없이 똑같으니 그 자체로 소름이 끼치는 목소리가 되었다. 물론, 일반인들이 들었을 때다.

"……."

무린은 대답 대신, 다시금 단창과 단봉을 쥐고 전투 준비에 들어갈 뿐이었다.

무린은 긴장했다. 정소민에게서 느껴지는 살기는 여태껏 느껴봤던 살기와는 질 자체가 달랐다. 그 농도가 엄청나게 진했다.

반드시 자신이 한 말을 지키겠다는 의지가 고스란히 느껴졌다. 하지만 긴장했다 뿐이지, 겁을 먹지는 않았다.

등골을 타고 흐르는 식은땀은 오히려 무린의 의식을 더욱더 맑게 정화시켜 나갔다. 숨통을 조여 오는 긴장감이 오히려

온 몸의 세포 하나하나까지 일깨웠다.

휘이잉!

바람이 불어와 마주선 정소민의 의복과 머리카락을 흔들고 사라졌다. 팔랑거림은 필연적으로 멈추어 갔고, 사르르 정돈이 될 때쯤 사라졌다.

쾅!

연무장 바닥에 폭발하듯이 터져 나갔다. 그 자리에 무린은 없었다. 어느새 홀쩍 물러나 대청마루 위까지 도달해 있었다. 그러나 그곳에도 오래 머무를 수 없었다. 어느새 무린의 시야에 정소민이 사라져 있었다.

시야에서는 놓쳤다. 그러나 초감각이 또 다른 정보를 보내준다. 스르르, 정면! 하고. 무린의 신형이 뱅글 돌아 뒤로 쭉 물러났다.

쾅!

마루가 산산조각 나며 비산했다. 거무튀튀한 나무가 쪼개지고 갈라져 비처럼 산화했고, 그 산화하는 공간 속에 살심이 일렁이는 눈빛을 한 정소민이 있었다.

'과연……'

빠르다.

초감각이 아니라면 잡아내는 것조차 불가능할 정도로 빨랐다. 무린은 초감각에 의지했다. 시각 정보는 그저 지형지물만 볼 뿐, 정소민의 위치를 잡는 모든 수단은 오직 초감각 하나로 좁혔다.

지잉!

꿈틀거리는 초감각 속의 대기. 그 공간은 무린의 오른쪽 옆. 팔만 뻗으면 닿을 거리다. 어느새 그곳으로 이동해 온 것이다.

쪼개진 나뭇가지의 파편이 무린의 얼굴 옆으로 흘러갔다. 살짝 찌푸려지는 눈살. 그 사이 정소민의 소수가 다가왔다.

무린은 고개를 뒤로 쭉 젖혔다. 막는 건 불가능했다. 그렇다고 아예 다른 장소로 빠져 피하는 것도 조금 늦어 보였다. 고개는 물론 가슴까지 뒤로 쭉 넘어갔다. 스가악! 소수공이 지나가면서 마루의 대들보를 진흙 떠내듯이 지워 버리고 지나갔다.

쩡!

무린이 물구나무를 넘으며 휘두른 발이 소수공과 부딪쳤다. 내력끼리 만나 잠시 힘겨루기를 하는가 싶더니, 무린의 신형이 주륵 날아갔다.

데굴데굴, 두어 바퀴 구른 무린은 즉각 상체를 세웠다. 좀 전 공격에 중심축이 무너져 바로잡고 있는 정소민이 보였다. 확인 즉시 무린의 신형이 전방으로 쏘아져 나갔다.

쩡!

쩌정!

단봉과 단창을 교차하며 십자로 두 차례나 뿌렸다. 정소민은 차분하게 무린의 공격을 막았다. 그저 가져다 댈 뿐이었다. 소수의 내력이 담긴 손을 무린의 단창, 단봉의 궤적에 가져다 대면 알아서 부딪치고, 튕겨져 나갔다.

"흡!"

촤락!

자세가 낮아지면서 바짓단이 펄럭였다. 그 뒤로 쿵! 하고 진각이 울렸고, 우수에 잡힌 단창이 벼락처럼 쏘아졌다.

텅⋯⋯!

파삭!

단창의 끝이 깨져 나갔다. 흑룡의 이빨이 나간 것이다. 정소민은 무린의 창날을 잡았다. 손끝으로 접듯이 정확하게 딱 잡고, 그대로 꺾어 부러트렸다. 날 끝이 뭉툭해진 것을 보며 무린의 인상이 조금 찌푸려졌다.

정확하게 무린의 찌르기에 반응해 날을 잡는 것도 여간 어려운 일이 아닐 텐데, 그 순간 힘을 줘 부러트리는 건 더욱 힘든 일이다. 게다가 이건 경지에 걸맞은 경험이 몸에 배어 있어야 가능한 일이다.

역시 쉽지가 않다.

무린은 즉각 무풍형으로 거리를 벌렸다. 쭉쭉, 연무장의 중앙으로 다시 돌아가는 무린. 그런 무린을 향해 정소민이 달라붙었다.

왕여옥이 구사하던 움직임과는 조금 달랐다. 왕여옥은 마치 유령 같은 움직임이었다. 하늘거리고 흔들거리는, 야밤에 보면 귀신인 줄 알고 담약한 이는 까무러칠 움직임이다.

정소민의 움직임은 그저 쾌속이다. 직각의 선을 잡아 들어왔다. 최단 거리를 잡고서 그냥 다가온다. 불필요한 기교는 완전히 배제된 경신법이다.

초감각이 아니라면 잡기 힘들 정도의 쾌속이다. 거기에 소수공까지 합쳐지니, 여간 위협적인 게 아니었다. 잠시라도 틈을 주는 순간, 무린은 자신의 손으로 보내 버린 왕여옥의 뒤를 따르게 될 것이라는 걸 느꼈다.

쾅!

땅거죽이 다시금 뒤집어졌다. 무린은 피했고, 정소민은 무린이 있던 자리를 공격했다. 찰나의 차이였다. 정말 조금만 늦었어도 땅거죽이 아닌, 무린의 몸이 비산했을 공격이다. 물론 적중당한다는 가정하에.

"흡!"

숨을 들이마시고 멈추는 무린.

그 행동에 힘이 빠르게 응축됐다. 응축된 내력이 무린의 의지에 따라 단봉으로 이동했다. 비천신기의 내력은 순식간에

아지랑이를 피워 올릴 정도로 올라왔다. 이 과정은 순간이다. 정말 금방 이루어졌다. 하지만 정소민도 금방 무린에게 다가섰다.

쩡……!

기괴할 정도로 찌릿찌릿한 소음이 단봉과 정소민의 소수가 만난 사이에서 일어났다. 기의 충돌로 인해 생긴 소음. 반규관(半規管)을 뒤흔드는 소음이었지만 이미 무린도, 정소민도 예상하고 있었기에 청각을 살짝 차단, 별다른 표정 변화를 보이지 않았다.

그가가가각!

마음먹고 집어넣은 비천신기의 내력이 소수공이 씌워진 매끈한 손등을 타고 흘렀다. 쉭쉭! 그러나 정소민이 두어 차례 손목을 털자 바로 떨어져 나갔다.

무린도 단봉을 타고 올라오는 기운을 감지했고, 탈탈 털어 해소시켰다. 서로가 생각하는 게 비슷했다. 타격 즉시 내력을 주입시켜 상대의 내부를 뒤흔드는 것.

일단 들어만 가면 그 순간 이 전투는 끝난다. 비천신기도, 소수공도 결코 즉각 없애 버릴 수 있는 만만한 내력이 아니다. 단박에 상대의 내부를 박살 낼 힘은 충분히 가지고 있었다.

"음……."

"······."

무린은 입에서 신음을 내면서, 정소민은 그저 침묵으로 시선을 한 방향으로 돌렸다.

감각에 잡혔다. 진무장 주변은 폭음이 터지면서부터 인기척이 전부 사라진 지 오래다. 그런데 누군가가 진무장을 향해 다가오고 있었다.

휘적휘적.

느린 걸음걸이다.

누가 봐도 나이 좀 먹은 이의 보폭. 혹시 모르고? 무린은 그럴 가능성은 없다고 생각했다. 다가오는 기척은 느껴지지만 다른 것은 전혀 느껴지지 않았다. 무린은 순간 시장에서 만났던 노파가 번뜩 떠올랐다.

그 노파가 그랬다. 지금 다가오고 있는 이처럼 아무것도 느낄 수 없었다.

그때 느꼈던 위화감과 지금 느끼는 위화감은 동류였다.

흘흘.

귀로 혀 차는 소리가 들렸다. 확실해졌다. 그 노파가 맞았다. 훌쩍, 어느새 날아올라 돌담 위에 서는 노파. 허리가 잔뜩 구부러졌지만, 전혀 쇠약해 보이지 않았다.

"이런, 이런, 사달이 일어났구먼. 쯔쯔."

노파가 올라서자마자 내뱉은 한마디였다. 그렇게 말한 뒤

엉망이 된 연무장을 한 번 훑어보더니, 이내 통 하고 뛰어올라 바닥에 내려섰다.

지팡이를 짚고 한곳으로 걸어가는 노파. 노파의 존재는 굉장히 이질적이었다.

정소민은 당연히 살심을 죽이고 있지 않았다. 낯선 이방인을 서슬 퍼런 눈빛으로 바라볼 뿐이었다. 그녀가 움직이지 않는 이유는 하나였다. 노파의 행동이 거슬려서, 그 원인을 파악하려 하고 있었기 때문이다.

양녀를 잃었는데도 이 정도의 이성, 확실히 정소민의 정신은 단단했다. 그리고 무린도 마찬가지였다.

무린은 초감각에 최초 접속한 이후, 지금까지 유지하고 있었다. 조금도 그 접속의 끈을 놓지 않고 있었다.

초감각의 존재 없이는 정소민이나 왕여옥을 상대할 방법이 없었기 때문이다. 당연히 골은 지끈거렸다. 과도한 정신력의 소모가 이어진 것이다. 하지만 그래도 무린의 의식은 또렷했다. 그 고통이 오히려 지쳐 가는 정신력을 채찍질해 더욱 불태우고 있는 것 같았다.

이런 두 사람이다.

그런데 노파는 그 사이로 끼어들었다. 아무런 이질감 없이 말이다. 거부감이 생겨야 하는 것은 당연하다.

새로운 존재라는 것이 그렇다. 새롭기 때문에 정보가 없다. 그러니 파악해야 한다. 이 과정에서 당연히 거부감, 이질감 등이 생성되는데 노파의 존재는 그 자체를 무시하고 있었다.

마치 처음부터 있었던 것처럼 너무나 자연스러웠다.

노파는 어느새 둘을 가로질러 반대 방향으로 나아가고 있었다. 그 걸음의 끝에는 왕여옥이 있었다.

"그만, 그만 가는 게 좋아요. 더 이상 접근은 허용치 않겠어요."

그걸 깨닫자 정소민의 입이 열렸다.

서늘한 목소리에는 절대 거짓이 담겨 있지 않았다. 정말 더다가가면 손을 쓸 태세였다. 하지만 노파는 흘흘 웃기만 할뿐, 걸음을 멈추지는 않았다. 지팡이를 짚고 조금은 절룩이는 걸음으로 어느새 왕여옥의 곁에 다가갔다.

"그만!"

정소민이 움직이려 했다. 아니, 움직였다. 그 순간 무린의 몸도 본능적으로 같이 움직였다. 정확하게 정소민과 노파의 사이를 딱 가로막아 버리는 무린.

왜 그랬는지는 무린도 몰랐다. 가만히 있어도 노파가 다치지 않을 거라는 예상도 분명히 하고 있었다. 저런 경지에 오른 노파가 결코 정소민의 소수에 당하지 않을 거라는 촉이 왔기 때문이다. 그런데도 움직였다.

노인 공경? 모르겠다. 무린은 생각하지 않고 단봉과 날이 부서진 단창을 교차시켜 정소민의 앞을 막아섰다.

"비켜······."

"······."

무린은 대답하지 않았다. 침묵은 긍정이라고 하지만 지금 같은 상황에서는 전혀 반대다. 부정이다. 저 질문에 부정되는 행동이었다.

그때 노파의 목소리가 들렸다.

"어쩌누··· 어찌 이리 꽃다운 나이에 갔누··· 불쌍해서 어쩌 누······."

흐으, 흐으으으.

노파의 바싹 마른 입술을 타고 흐느끼는 곡이 흘러나왔다. 진혼곡(鎭魂曲). 무린은 그 곡에 뒤통수가 쭈뼛 서는 서늘한 감각을 느꼈다.

전신에 소름이 올올이 일어섰다. 감각이 날카롭게 벼려진 상태라 그런지, 받는 느낌이 격이 확 달랐다.

연무장에는 셋이 있다.

무린, 정소민, 그리고 노파.

그 외에 느껴지는 기척은 없었다.

'근데 이건······.'

아주 미묘하게 틀어져 있는 공간이 있었다. 아무것도 존재하지 않고, 아무런 물건도 없다. 그저 땅이다. 뭐가 심어져 있는 것도 아니고, 살짝 파헤쳐진 땅이다. 그런데 무린의 초감각에, 그곳만 미묘하게 틀어져 있다.

위화감이 들었다.

모골이 송연해졌다. 뒤통수가 저릿저릿했다. 하지만 무린은 고개를 돌리지 않았다. 시선은 정소민에게 고정시켜 놓고, 움직이지 않았다.

의식적으로 초감각이 보내오는 또 다른 정보를 걷어냈다.

'집중!'

그 사이 노파의 입에서 흘러나오는 진혼곡은 끊이지 않고 계속됐다. 울다가 웃다가를 반복하는 흐느낌이 공간을 지배해 가고 있었다.

특별한 힘이 있었다.

적어도 무린이 느끼기에는 노파의 입에서 흘러나오는 곡은 어떤 특별한 힘을 담고 있는 게 분명했다.

정소민은 다행히 움직이지 않았다. 지금 이 순간에 움직였다면 분명 곤란했을 것이다. 그쪽으로 분산되는 신경을 애써 잡고는 있지만, 그것 자체가 이미 흐트러진 것이다. 온전한 정신으로 정소민에 집중해도 힘든 판인데, 양쪽으로 분산된 정신 상태면 필패다. 패배는 정소민의 선언처럼 사지절단으로 이어질 것이다.

흐느낌이 멈췄다.

"편히 쉬렴, 아가야……. 흘흘."

그렇게 말하고 노파가 일어나 다시 절룩이는 걸음으로 마루로 향했다. 흘흘, 아주 다 부수었구먼. 하고 중얼거리더니 그나마 성한 곳을 찾아 엉덩이를 붙이고 앉았다. 지팡이를 바닥에 짚고 양손으로 짚고 턱을 그 위에 올리더니, 이내 한 소리한다.

"그만들 하게나. 사자의 넋은 기려야지 않겠나. 흘흘."

가볍게 나온 말이지만, 결코 가볍지만은 않았다.

무린의 입장에서는 반길 말이지만, 정소민의 입장에서는 받아들이기 힘든 말이었다.

피는 안 이어져 있지만, 인연의 끈으로 질기게 이어져 있다. 양녀라고 해도 둘이 함께해 온 삶은 결코 친딸과 비교해 부족하지 않을 것이다.

그런 딸을 무린이 죽였다.

정소민이 물러설 리가 없었다. 그건 무린이 반대 입장이 된다 하더라도 마찬가지다. 만약 혜나 월이 당했다면? 아니, 비천대원만 당했어도 결코 물러서지 않았을 것이다. 반드시 결단을 내려했을 것이다.

무린도 그럴진데, 정소민이라고 별다를 바가 없을 것이다.

하지만 이번엔 무린의 생각이 틀렸다.

정소민의 손에 담겨 있던 소수공의 공력이 흩어졌다. 두어 번의 변화를 거쳐 평범한 손으로 돌아오는 걸 보는 무린의 눈빛이 꿈틀거렸다.

"비키세요."

"……."

갑자기 나온 말에 무린이 잠시 머뭇거리자, 흘흘, 이리 오시게. 하는 노파의 목소리가 들렸다.

그 소리에 무린은 천천히 자세를 풀었다. 그리고 옆으로 비켜서자, 정소민이 한 발자국 앞으로 나섰다. 그리고 다시 멈춰 섰다.

그제야 무린은 비키라는 말의 의미를 깨달았다.

가고 싶은 것이다. 왕여옥의 시신의 곁으로. 흘흘. 다시 들려온 노파의 웃음에 무린은 완전히 옆으로 물러났다. 정소민도 그제야 다시 걸음을 떼고 무린을 지나쳐 왕여옥의 곁으로 갔다.

"……."

무린을 그 모습에 갑자기 가슴 언저리가 쿡! 하고 쑤시는 걸 느꼈다. 뭐지, 이 감정은? 설마 죄책감?

'설마, 그럴 리가.'

절대로 그런 감정은 아닐 거라 무린은 확신했다. 죄책감?

이미 그 무거운 감정 덩어리의 굴레에서 벗어난 지가 언젠지, 이젠 기억도 나지 않는 무린이었다. 적에게 연민을? 그것도 아니었다.

그냥 적도 아니고 마녀의 수하다.

그것도 소수의 전승자인 전설을 이은 여인이다. 살려두면 아군이 대체 얼마나 죽어나갈지, 감조차 잡히지 않았다.

그렇게 되니 차라리 먼저 처단하는 게 답이다. 그것도 조금의 오차도 없는, 아주 정확하고 확실한 답이다.

그러니 연민도, 죄책감도 아니다.

'그럼 대체 뭐란 말인가.'

이 쿡쿡 쑤시는 통증은.

무린이 북방에 처음 가서 그 조악한 나무창으로 처음 살인을 했을 때도 이렇지 않았다. 그 당시는 악에 받쳐 있긴 했지만, 그래도 살인 후에 찾아오는 후폭풍은 이상하게도 무린을 스쳐 지나갔다.

그 후 빠르게 날카로워지고, 단단해지고, 독해진 무린이다. 그렇게 살아남았다. 얼마나 많은 수의 적을 죽였는지는 당연히 감조차 잡히지 않았다. 어림잡아도 백 단위가 아닌, 천 단위일 것이다.

십오 년을 총 합산한다면 말이다. 그 천 단위가 넘는 살인 중 그 어떤 것도 무린에게 지금 같은 상황을 몰고 오지 못했다.

"……."

정소민이 왕여옥을 안아 들었다.

그 후 천천히 몸을 돌려, 무린을 바라봤다. 기세는 여전했다. 무린에게 향한 완연한 적의가 팍팍 느껴졌다. 얼굴 표정에도 그대로 들어나 있었다. 굳이 숨기지 않는 정소민이다. 그녀의 입이 열렸다.

"하루. 하루 뒤 찾아뵙겠어요."

"……."

무린은 대답하지 않았다.

정소민도 무린의 대답을 듣지 않고 스륵, 사라져 버렸다. 너무나 갑작스럽게 텅 비어버린 연무장. 좀 전까지만 해도 치열한 전투가 벌어졌던 곳이라고는 전혀 생각도 못하게 조용해졌다.

무린은 잠시 연무장을 바라보다 신형을 돌렸다.

"도움에 감사드립니다. 진무린입니다."

"흘흘, 이름은 잊은 지 오래니 그냥 노파면 족하이."

"예. 그럼 어르신이라 하겠습니다."

"흘흘, 고집 있구먼. 흘흘흘."

노파가 무린의 말에 듬성듬성 있는 이를 보이며 웃었다. 아이라면 십중팔구 울음을 터트렸을 것이다.

노파의 연세는 거의 호호백발을 넘어 진짜 백 세에 육박해 보일 정도였으니까. 실제 그 정도는 들었을 것이라 무린은 생각했다.

'아니, 넘었을지도 몰라.'

무인은 보통 육체와 그 경지가 반비례하는 법이다. 경지가 높아질수록 육체의 나이는 오히려 천천히 흘러가거나 멈춘다. 무린처럼 말이다.

지금 무린은 예전 처음 삼륜을 익히기 시작했을 때와 비교하면 조금도 달라진 부분이 없었다. 당연히 삼륜공의 공능 덕분이다.

젊음을 가진 육체가 당연히 무공을 펼칠 때 효율이 좋다. 그러니 삼륜공이 알아서 노화를 조절하고 있는 것이다.

"개방에서 오셨는지요."

무린이 물었다.

그러자 흘흘, 그렇다네. 하는 대답이 들려왔다. 노인은 마치 집 나간 손자를 오랜만에 본 얼굴로 무린을 바라봤다.

그 주름 자글자글한 얼굴에 떠올라 있는 미소는 묘했다. 따뜻함이 한가득, 아주 풍성하게 담겨 있었다.

하지만 그런 웃는 낯에서 뒤이어 나온 말은, 무시무시했다.

"곤륜이 무너졌네. 이미… 시작됐음이야. 흘흘."

그 말에, 무린은 눈매가 꿈틀거리는 동시에 소름이 일순

간 등골을 타고 내달렸다. 무린은 말도 못 하고 노인을 바라
봤다.

하늘을 올려다보는 노파.

"피바람이 몰아치려나…… 흘흘, 흘흘흘!"

웃는 노파의 얼굴이 이번엔 슬퍼보였다.

무린은 입술을 앙다물고 그 어떤 말도 하지 못했다. 차가운
바람이 가열된 몸을 완전히 식힐 때까지, 한마디도 꺼내지 못
했다.

第百八十八章 기습전야(奇襲前夜)

귀환병사

노파와 별다른 대화는 나누지 않았다. 흘흘거리면서 하늘을 바라만 보던 노파가 먼저 자리를 떴기 때문이다.

떠나는 노파를 무린은 잡지 않았다. 사실 묻고 싶은 것은 있었지만, 그것보다 더 마음이 심란했기 때문이다. 마치 혼심이 작용한 것 같은 기분이다. 고의적으로 누가 마음속을 강제로 헤집는 느낌. 결코 좋은 느낌은 아니었다.

노파가 떠나고 반각 정도 뒤에 비천대가 돌아왔다.

비천대는 소향과 함께 왔다. 무린은 아무런 말도 하지 않고 바로 귀환했다. 단문영의 근심어린 시선도 느꼈지만, 뭐라고 대답해 줄 수 있는 기분이 아니었다. 비천성으로 귀환한 무린은 바로 어머니와 스승님께 인사를 드리고 산 정상으로 향했다. 저녁을 먹을 기분도 아니었다. 이상한 감정 때문에 지금은 짜증까지 솟구치고 있었다.

"후우……."

숲 안에 있는 바위 위에 눕는 무린. 바싹 마른 나뭇가지들이 먼저 시선에 들어왔다. 그 뒤로 휘영청 떠있는 달. 그리고 그 주변으로 흐르고 있는 먹구름이 들어왔다.

때아닌 하늘 감상? 사실 그럴 때가 아니었다. 정소민은 경고를 하고 갔다. 하루라는 경고를. 그렇다면 대비를 해야 한다. 회의가 필요했다.

선제공격이든 뭐든, 일단 방향을 잡아야 했다. 하지만 그 이전에 무린은 가슴을 쿡쿡 쑤시는 이 기분 나쁜 감정을 지워버리는 게 먼저라 생각했다.

'뭐지. 대체 뭔가…….'

앞서 말했듯이 죄책감은 절대 아니다. 이제 와서 죄책감을 느끼기엔 무린이 지금까지 걸어 온 길이 너무나 처절했다. 그 처절한 길은 피로 묽어진 길이었다. 그 질퍽한 길을 발이 푹푹 빠져도 악착같이 걸어 나온 게 바로 무린이다. 그런 무린이 이제 와서 죄책감 따위를 느낄 리가 없었다.

하지만 지금 상황에 느껴지는 이 감정은 죄책감에 너무 가까웠다. 그걸 아니 무린이 기분이 지금 나락까지 떨어진 것이다.

'여인이라서? 설마…….'

무린이 지금까지 북방에 있으면서 오직 사내만 죽여 온 게 아니었다. 북원의 군세는 교묘했다. 유목민 사이에 살수를 포함시켜 놓기도 했다. 특히 초원여우의 훈련을 받은 여인에게 한밤중 병사 수십의 목이 달아나기도 했었다. 그 여인의 목줄을 딴 게 무린이다. 그런 경험이 한두 번이 아니었다.

정말 살기 위해서는 애나 어른 할 것 없이 마구 죽이는 처절한 길을 걸어 온 무린이다.

'노파의 곡이… 영향을 끼쳤어. 그렇게밖에 생각할 수가 없다.'

죄책감은 아니라면 다른 이유를 생각해 봐야 했다. 그럼 개방의 노파가 불렀던 진혼곡. 그게 문제일 것이라 생각했다. 무린은 심호흡을 해서 흥분을 가라앉히고, 냉정하게 접근했다.

'초감각의 영역에 들어선 상태였다. 그 날카로운 감이 다른 것도 잡아챘나? 특히 마지막에 느꼈던 그 미묘한 비틀림은…….'

분명하게 느꼈다.

아무것도 없는 공간이 미묘하게 비틀려 있었다. 그 비틀림은 무린을 굉장히 자극했었다. 마치 쏘아보는 시선 같은 걸 느꼈다. 무린이니까 느낄 수 있었다. 초감각이 아니라도 충분히 예민한 무린이니까.

'설마… 영혼인가?'

노파의 진혼곡이, 정말 이미 죽은 왕여옥의 영을 불러내어 위로했다? 아아, 이렇게 생각하면 아귀가 맞아 떨어지긴 한다.

물론 영혼이라는 것이 실제 존재하고, 그걸 인정해야 한다는 전제가 붙지만 말이다.

'정말… 환장하겠군.'

안 그래도 신경 써야 하는 게 산더미였다.

그러나 이건 해결을 해야 할 문제였다. 이런 감정을 해소 안 하고 가슴에 삭히면 병으로 도져 버린다.

무린은 그렇게 앓다가 허망하게 죽는 이들을 매우 많이 봤다. 무린은 그들의 뒤를 따라갈 생각이 전혀 없었다.

'좋아. 그냥 그렇게 인정하자.'

노파의 진혼곡이 왕여옥의 영을 불러냈다. 그 영은 살아생전의 기억이 있을 테니 무린을 노려봤다. 일반적인 생명체라면 절대 느낄 수 없는 종류의 것이었지만 초감각의 영역은 그 쏘아봄을 잡아냈다.

"후우……."

정리 끝.

일단 정리를 하고 나니 가슴을 옥죄던 기분 나쁜 느낌이 조금은 희석되는 걸 느꼈다. 사르르, 마치 단단한 얼음을 뜨거운 물을 부어 조금씩 녹이는 것과 같다고 할 수 있을 것이다. 한참 시간이 지나자 응어리들이 전부 녹았다.

그리고 정말 신기하게 딱 전부 정리가 되자 숲으로 들어오는 인기척이 느껴졌다. 기감을 슬쩍 넓혀보니, 역시나 매우 익숙한 기척이었다.

보폭은 일정했다. 뽀드득! 뽀드득! 하고 눈이 밟히는 소리가 매우 크게 들렸다. 무인의 걸음이 아니었다.

무인의 걸음이라면 저렇게 발자국 소리가 크게 날 리가 없었다. 일부러 소리를 내는 경우도 있겠지만, 그렇지는 않을 거라 생각했다. 그런 거라면 무린이 바로 알아차렸을 것이다.

들어오는 이는 제갈려였다.

무린은 나서지 않았다.

그저 그대로 가만히 있었다. 다만 의식적으로 그녀의 행동을 파악하는 건 어쩔 수 없었다. 제갈려는 어제와 마찬가지로, 정성을 다해 기도를 올렸다. 한참이나 기도를 올린 제갈려가 다시 움직였다.

그런데 방향이 왔던 길이 아니라, 그곳에서 사선으로 다가오고 있었다. 즉, 무린이 있는 방향이었다. 무린은 상체를 바로 세웠다. 제갈려는 무린이 이곳에 있는지 알고 있는지 정확하게 숲을 헤치고 왔다.

"역시 여기 계셨군요."

"아가씨."

"제가 무가의 자식임에도 무공을 익히지는 않았지만, 건강을 위해 토납공 정도는 꾸준히 하고 있답니다."

"……."

그 말인즉슨, 어렴풋이나마 무린의 기척을 제갈려도 잡았다는 소리였다. 무린은 굳이 기척을 지우지 않았다. 기척을 지우려면 지울 수는 있다. 무린에게 그런 건 일도 아니었다. 하지만 무린은 자신이 지은 죄가 없기 때문에 굳이 그러지 않았다. 굳이 자신의 존재를 제갈려에게 숨기고 싶지 않은 마음도 있었다.

그랬더니 제갈려가 무린의 존재를 잡았다.

"여기서 뭐 하고 계셨어요?"

"잠시 하늘 좀 올려다보고 있었습니다."

"흠."

무린의 대답에 짧은 탄성과 함께 하늘을 올려다보는 제갈려. 하늘은 결코 감성을 풍성하게 일으킬 만한 조건을 갖추고 있지 않았다. 오히려 가라앉히게 할 만큼 칙칙했다. 달빛은 이제 보이지 않았다. 잔뜩, 그리고 크게 만들어 흐르는 먹구름에 가려 잠깐씩 아주 잠깐씩 빛을 반짝여 보일 뿐이었다.

"목 아파요. 저도 좀 편히 보고 싶어요."

"예, 손을."

"……."

무린의 말없이 내미는 제갈려의 손을 잡아 당겼다. 사르르 떠오르는 제갈려의 신형을 가볍게 받아 옆에 내려앉혔다. 그러자 제갈려가 곧바로 바위 위에 몸을 눕혔다. 그리고 양손을 가지런히 모아 배꼽 위에 올렸다.

이후 지긋한 눈동자로 하늘을 올려다보는 제갈려.

"같이 누워서 봐요."

"예."

무린은 제갈려의 말을 거절하지 않았다. 정을 나누는 행각이 아니다. 무린은 제갈려가 할 말이 있다는 걸 알았다. 그래서 그녀가 말을 하기 편하게 들어주고 있었다.

제갈려는 무린이 눕고 나서도 가만히 하늘만 바라봤다. 꼼짝도 하지 않고 거의 반각에 가깝게 하늘만 보더니, 하아… 하고 깊은 한숨을 내쉬었다.

그 한숨에는 무겁고 답답한 감정이 가득 들어 있다는 걸 무린은 듣는 즉시 알 수 있었다. 어떤 이유에서 그런 답답한 한숨이 나오는지는 아직 몰랐다. 제갈려도 많은 생각을 하고 있을 것이다. 몇 가지야 예상이 가지만 그게 전부일 거라는 생각은 하지 않았다.

"저는······."

"예."

이윽고 제갈려가 말문을 열기 시작했다. 차분하고 조용한 목소리지만 끝은 아주 조금씩 떨리고 있었다.

감정이 올라온 게 분명했다. 하지만 무린은 막지 않았다.

무린이 지금 중요한 시기임에도 이곳에 온 이유는 감정을 다스리기 위해서였다. 그때 해소하지 않고 쌓아두는 고민들이 얼마나 나중에 해악으로 돌아오는지 알기 때문에 말이다. 제갈려도 지금 고민이 있어 가슴이 매우 답답한 상태다. 그러니 막는 건 결코 옳다고 볼 수 없었다. 제갈려의 입술이 다시 열렸다.

"지금처럼 제 삶을 후회해 본 적이 없어요······."

"······."

후회.

어떤 것에 대한 후회일까. 듣는 순간 몇 가지 이유가 팍팍 스쳐 지나갔다. 하지만 섣부르게 입 밖으로 꺼내지 않았다. 지금 자신이 할 일은 가만히 듣는 것. 그것 하나라는 걸 느끼고 있었다.

"왜 저는 무공을 익히지 않았을까요?"

"······."

"왜 무가의 자식으로 태어나 기본적인 토납법만 배운 걸까요?"

"……."

무린은 대답해 줄 말이 없었다. 이미 그녀의 선택은 옛날 옛적에 이루어졌고, 이제는 되돌릴 수 없는 현실이 됐다.

"지금처럼 제 자신이 초라하게 느껴진 적이 없어요. 아무런 도움도 못 되는… 이 기분. 참을 수가 없어요."

"……."

목소리의 호흡이 거칠어졌다. 흥분, 분노. 이성적 판단을 저해하는 감정들이 그녀의 말에서 느껴졌다. 하지만 그럼에도 무린은 대답하지 않았다. 가만히 듣기만 했다. 저 말은, 자신 때문에 나오는 말이었으니까.

그녀의 말이 계속됐다.

"배울 걸 그랬어요. 이 악물고 배웠으면… 함께할 수 있었을 텐데. 그렇죠?"

"……."

고개도 돌리지 않고, 하늘을 바라보며 무린에게 묻는 것 같지만 자신에게도 묻는 요상한 말투였다.

그녀가 지금 정말 힘든 건, 무린을 도울 수 없는 자신이 한심하기 때문이었다.

이곳에 있는 모두가 무린을 위해 무언가를 하고 있고, 실질적으로 도움을 주고 있었다. 하지만 려는 어중간했다. 일은 한다. 비천대를 위해 밥을 짓는데 손을 보태고, 의복을 빨고, 약초를 말리고 하는 잡일에도 손을 보탰다.

물론 제갈려가 그런 일이 비천해서 싫다. 이런 마음을 가지고 있는 건 아니었다. 더, 더 힘이 되어주고 싶은 것이다. 무혜처럼, 단문영처럼, 비천대처럼 말이다. 하지만 그 역할을 제갈려는 할 수가 없었다.

문인에게 배웠지만 무혜처럼 군사학을 배운 것도 아니고, 약초를 만질 줄도 알지만 단문영처럼 전문적으로 만질 수 있는 것도 아니었다. 몸은 일반 백성들보다 건강하고 튼튼하지만 비천대처럼 전투에 투입될 수 있는 것도 아니다.

제대로 된 도움을 주고 싶은 것이다.

자신이 가슴에 담은, 무린을 위해서 말이다. 하지만 그게 현실적으로 불가능하니 이렇게 가슴앓이가 시작된 것이다. 그리고 무공을 익히라고 권했던 그 옛날, 그걸 거절했던 자신에게 분노하는 지경까지 갔다.

무린은 생각했다.

지금 제갈려의 저 마음, 결코 요 근래 생긴 게 아닐 것이라고. 아마 무린이 사선을 넘기 시작할 때부터였을 것이다. 시작점은… 북방으로 향했을 시기. 아마 그때일 거라 생각됐다. 그럼 상당히 오랜 세월이 지났다. 해도 변했으니까. 날짜로 따져도 수백 일이다. 그 수백 일의 하루하루마다 저런 생각을 계속했다면…….

'짓물러 터졌겠지.'

곪다 못해 고름이 줄줄 흐르게 터져 버렸을 것이다. 실제 지금 제갈려의 가슴은 그런 상태였다. 외형적으로도 안을 들여다봐도 썩은 장기는 없겠지만, 가슴이 품고 있는 마음은 제대로 곪아버렸을 것이다.

"사랑하는 이는 이제… 마지막 전장을 향해 가는데, 그저 손만 흔들어 줄 수밖에 없다니… 할 수 있는 게 기도밖에 없다니……. 이건 정말 너무해요. 제가 너무 바보 같아서, 정말 너무 싫어요."

"……."

같은 단어가 몇 번이나 나올 정도로 그녀의 말은 두서가 없었다. 그만큼 감정이 크게 일어난 상태였다. 무린은 그녀를 진정시키려다가, 다시 참았다.

차라리 터지게 내버려 두는 게 좋을 것 같았다. 해주고 싶은 말은 있다. 그 말도 그녀의 감정이 한 번 터진 후, 다시 잠잠해지면 해주는 게 나을 것 같다는 생각이 들었다. 무린의 생각을 눈치도 못 챘는지 그녀의 입은 계속해서 한탄을 뱉어냈다.

"무사히 돌아오게 해주세요. 무사히 돌아오게 해주세요.

제발 무사히 돌아오게 해주세요… 제가 할 수 있는 기도의 전부였어요. 다른 게 떠오르지도 않았어요. 많은 배웠는데… 호호, 참 전부 헛배운 것 같아요. 호호호."

배에 대고 있던 손이 자연스럽게 떼어지고 입을 막아갔다. 손바닥에 가려진 입에서 그녀의 웃음이 계속 흘러나왔다. 자학에 가까웠다. 스스로를 비웃고 있었다. 여태껏 뭐 했냐며 꾸짖고 있었다.

흑.

흐윽.

이윽고 웃음은, 오열이 되었다.

썩어 곪아터진 상처의 통증이 결국 울음을 유발시켰다. 결국 터진 것이다. 무린은 차디찬 바위에 누워 오열하는 제갈려를 가만히 안았다. 그리고 아무 말도 하지 않았다. 제갈려의 오열은 한참이나 계속됐다.

무린은 다독이지 않았다.

그냥 안고만 있었다. 따뜻한 체온과 맞닿은 피부를 통해 느껴질 심장 고동이면 충분할 것이라 생각했다. 역시 제갈려의 오열은 천천히 멎어갔다. 효과는 나중에서야 발휘가 된 것이다.

제갈려는 잠시 움찔거렸다. 상황을 파악한 것이다. 그러나 이내 가만히 몸을 무린에게 더 기댔다.

정을 통하는 행동.

"따뜻해요."

"……."

무린은 벙어리가 됐다. 해주고 싶은 말이 있었지만, 한차례 울고 난 제갈려의 목소리는 깨끗했다. 썩은 상처의 흔적이 상당히 지워져 있었다. 전부 훌훌 털지는 못 했지만, 그래도 정말 안정이 된 상태였다. 그래서 하지 않았다.

제갈려가 재차 말한다.

"증거를 가지고 싶어요."

"……."

"제가 진 가가를 연모했었다는… 증거를 가지고 싶어요."

대담한 말이었다.

이 말이 무슨 뜻인지 모를 무린이 아니었다. 무린은 제갈려의 어깨를 잡아 가슴에서 뗐다. 그리고 눈동자를 바라봤다.

또렷한 눈빛이 보였다. 조금의 흔들림도 없었다. 좀 전 자신의 한 말이 한 치의 거짓도 없고, 정말 바라니 한 말이라고 눈으로도 말하고 있었다. 무린은 입술을 열었다.

"죄송합니다. 그건 안 됩니다."

"……."

파르르.

무린의 말에 제갈려의 눈동자 떨렸다. 그러나 곧 다시 멈추고, 다시금 강한 눈빛으로 돌아왔다.

"어째서인가요……?"

"혼례를 치루지 않은 사이입니다. 게다가 아가씨는 스승님의 손녀이십니다. 결코 그런 무례를 저지를 수는 없습니다."

"제가 원하는 일이에요……."

무린의 말에 바로 그리 대답하고, 앙다물리는 입술. 그러나 그래도 무린은 고개를 천천히 가로저었다. 많이 털어냈지만 전부는 아니라고 했다. 그 남은 감정의 잔재가 이거였나 보다.

"좀 더 냉정하게 생각하십시오."

"……."

다물린 입술이, 더욱 더 안쪽으로 빨려 들어갔다. 아마 이빨로 짓씹고 있는 것 같았다. 무린은 똑바른 눈빛으로 말했다.

"이제 저는 다시 떠나야 합니다. 떠나는 자와 남는 자. 저는 제가 돌아오지 못할 경우도 생각해야 합니다."

"……."

"저는 부모님의 사랑을 듬뿍 받으며 자랐습니다. 하지만 그 시기는 얼마 되지 않습니다. 그러니 압니다. 떨어져 있다는 것이 얼마나 힘든지, 피로 이어진 내 가족이 이 세상 어딘가에 있는데 만날 수 없다는 게 얼마나 힘들고 슬픈 일인지…

저는 잘 압니다. 그래서 책임지지 못할 행동은 하지 않는 게 낫다고 생각합니다."

"그건 진 가가만의 생각이에요."

"알고 있습니다."

고집을 꺾을 생각은 없는 무린이다. 떨어져 지낸다는 것. 그게 얼마나 힘든지 잘 안다. 이 세상 누구보다도 제일 잘 안다고 자부할 수 있었다.

무린의 제갈려의 말이 단순히 남녀 간의 정, 그것도 깊고 깊은 육체적인 정을 나누어 증거를 남겨 달라, 여기서 끝이 아님을 알았다. 그녀는 무린의 혈육을 가지고 싶다고 말하고 있었다.

그래서 무린은 반대다.

스스로가 겪었던 일을 제 자식에게까지 물려주고 싶은 마음은 없었다. 그게 제 자신만 생각하는 비겁한 생각이라고 하더라도 말이다. 아니, 이미 알고 있음에도 거절하고 있는 것이다.

기다리는 사람은.

돌아와야 할 사람이 오지 않으면.

새 삶을 살아야 한다.

언제까지고 기다릴 수는 없는 법이다.

그러니 책임지지 못할 행동은 애초에 하지 않는 게 옳다. 무린은 그게 맞는 일이라 생각했다. 이기적인 마음이지만, 때로는 그 이기적인 마음이 옳을 때도 있는 법이다. 그게 바로 지금 상황이다.

"냉정해지십시오, 아가씨."

"……."

제갈려가 무린의 말에 트득, 하는 소리와 함께 입술 옆으로 피를 흘렸다. 씹고 있던 입술이 결국 터진 것이다.

얼마나 세게 씹었는지, 그 소리가 육안으로 들렸을 정도였다. 하지만 무린은 이번에도 차라리 잘됐다 생각했다. 피가 흐르면 그 오히려 그 고통에 정신이 번쩍! 하고 깰 때가 있다.

고통이 일순간 온 몸을 헤집어 버리기 때문이다.

"정말……."

"죄송합니다, 아가씨. 이 얘기는 못 들은 걸로 하겠습니다."

"……."

침묵하는 제갈려의 대답은 듣지 않고 무린은 바위에서 일어났다. 려의 어깨를 살짝 다독인 후, 그대로 몸을 날렸다. 순식간에 어둠 속에 무린은 묻혔다. 걸으면서 다시 한 번 생각해 봤다. 지금 자신의 행동은…….

매정하고, 냉정하다.

여인의 마음을 알고도 거절하는 참 나쁜 사내처럼 비춰질 것이다. 하지만 제갈려에게는 그래야 했다. 그녀의 마음은, 스스로가 도움이 안 된다는 현실에 갇혔다. 그래서 뭐라도 해주고 싶었을 것이다.

어떻게든 도움이 되고 싶었을 것이다. 저 생각은 거기서부터 시작됐을 것이다. 물론, 무린을 정말 좋아하는 마음이 바탕에 깔려 있는 것도 맞다. 하지만 아닌 건 아닌 것이다.

무린은 바로 숲을 벗어나 내성으로 향했다. 관사로 가자 불빛이 환하게 들어와 있었다. 안으로 들어가니 비천대는 물론, 조장들도 모여 있었다.

백면과 남궁유청도 보였다.

무린은 바로 이 층으로 올라갔다.

그러자 따라 올라오는 조장들. 무린이 자리에 앉자 조장들도 같이 자리에 앉았다.

"장팔, 가서 소향 일행도 불러와."

"네!"

대답은 장팔이 크게 했고, 행동은 눈치 빠른 연경과 김연호가 했다.

"얘기는 소향과 그 일행들이 오면 한 번에 하지."

"……."

조장들은 대답 대신 고개만 끄덕였다. 무린은 일단 생각을 정리했다. 복잡하던 마음은 어느 정도 정리가 됐다.

제갈려의 말이 마음에 걸렸지만, 그 마저도 애써 털어냈다. 이제는 흔들리면 안 된다.

불안한 마음 따위, 저 멀리 갈가리 찢어버리고 행동에 임해야 할 때였다.

위기의식이 없어도 너무 없었다. 전쟁은 코앞에 닥쳐 있었다. 아니, 이미 다른 곳에서는 시작되었다. 평화로운 것 같지만 절대로 평화로운 게 아니었다.

일각 정도 기다리자 소향이 일행들과 같이 왔다. 어찌된 일인지 거의 전부가 같이 왔다. 어머니도, 문인도 왔고, 제갈려도 같이 왔다. 눈가가 붉게 물들어 있는 게 보였지만 무린은 외면했다.

일행이 많이 들어오자 비천대 조장들이 일어나 무린의 뒤로 자리를 옮겼다.

무린의 양옆으로 어머니와 문인, 단문영, 제갈려가 차례로 자리 잡았다. 무혜와 무월도 마찬가지였다. 정면으로는 소향이 앉고, 그녀의 양옆으로 일행들이 앉았다. 검란 소저만 서서 소향의 뒤에 섰다.

"소향, 소수의 전승자를 만났다."

첫 마디는 무린이 뗐다.

무린의 말을 소향이 바로 되받았다.

"저희는 구화의 전승자를 만났어요."

"……."

소수나 구화나… 서로 무시무시한 적을 만났다.

"어떻게 됐지?"

"물러갔어요."

"물러갔다? 패퇴가 아니라?"

"네."

"……."

이거… 심각하다. 무린은 물리칠 수 있을 줄 알았다. 그런데 아니었나 보다. 소향이 설명을 더 붙였다.

"운검 소협, 비담 소협, 그리고 이옥상 소저에 예하 소저까지 붙었는데도 상대했어요. 밀리는 분위기는 아니었어요. 여유가 아직 있었다는 뜻이겠죠? 물론 저희 일행분들도 본신의 실력을 전부 보인 건 아니지만… 그건 구화검도 마찬가지라 생각해요."

"……."

서로 진심전력은 보이지 않았지만, 어쨌든 구화의 전승자는 탈각의 무인 둘에 반 정도 탈각한 이옥상과 백면과 비슷한 경지의 예하 소저의 합공을 받고도 여유가 있었다는 뜻. 굉장한 경지다.

하지만 소수의 전승자를 생각하니… 그럴 놀라운 것도 아니어보였다. 왕여옥이야 그녀의 경험 부족과 안일한 정신 상태 때문에 잡을 수 있었지만, 정소민은 무린이 무슨 수를 써도 아마 못 막았을 것이다. 잡기는커녕 도망도 사실 쉽지 않았을 것이다.

미쳐 날뛰는 건 곤란해서 붙잡아두고 있었지만, 끝까지 갈 때까지 갔다면 승기를 잡기는 아마 힘들 것이라 무린 스스로 생각했다.

"오라버니는 어땠어요? 소수와 만났다면서요."

"만났다. 제자와 함께 왔더군. 진짜 전승자의 나이는… 음, 어머니의 연배와 비슷하다. 오십 전후반. 그리고 제자는 삼십 대 정도. 하지만 제자는 신경 쓸 것 없다."

"네? 왜요?"

소향의 눈이 동그랗게 변했다.

"내가 죽였으니까."

담담하게 의문을 풀어주는 무린, 그러자 일순간 장내에 놀람이 들어찼다. 눈들이 동그랗게 떠진 것이다.

소수의 전승자다. 그 전설을 아는 이들은 많지 않다. 하지만 알고 있는 이들은 정말 제대로 알고 있었다.

제자라고 했지만 경지는 결코 낮지 않았을 것이다. 그런데 무린이 죽였다. 안 놀라울 수가 없었다.

"그런 눈으로 볼 것 없다. 애초에 제자 쪽은 실전 경험이 전혀 없었다. 그래서 나를 상대를 경험을 쌓으려고 했던 모양이야. 나는 그걸 이용했다."

"아아……."

소향이 고개를 끄덕였다.

경험 부족, 그 치명적인 작용을 소향은 누구보다 잘 알고 있었다. 그리고 무린이라면 충분히 그 상황을 이용해서 극적인 결과를 이끌어 낼 수 있는 사람이라는 것도 알았다.

"그… 진짜 소수의 전승자는요? 분명 분노했을 텐데."

"분노했지. 비천신기를 마녀가 노리고 있는 걸 아니 팔다리를 자르겠다고 하더군."

"버텼어요?"

"얼마 정도는. 하지만… 오래는 못 버텼을 거다. 점점 옥죄어 오던 걸 알고 있었으니까. 개방의 노파를 만나지 못했으면 진짜 팔다리 중 어느 하나가 잘리고도 남았어."

"……."

무린은 자신의 실력을 잘 안다.

잘 알면서 과신하지도 않았다. 분명, 소수의 전승자에 비해 무린은 밀렸다. 무린이 정소민보다 좀 더 나았던 건 실전 감각밖에 없었다. 하지만 그걸로 계속 버틸 수는 없었을 것이다.

소수의 전설은 그리 물러터진 게 아니었으니까.

무린은 안다.

'난 아직 다 보지도 못 했어……'

제대로 된 소수는 아직 못 보았음을.

"아, 개방의 노파라고 그러셨죠. 혹시 금빛 수실이 여덟 개?"

"맞아."

"그분은 신경 끄세요. 아마 많은 말 안 하셨을 거예요. 그렇죠?"

"그래, 곤륜이 당했다는 말만 했다. 그리고 피바람이 몰아칠 거라 했고."

"아… 잠시만요. 처음에 했던 말이요. 뭐라고요? 어디가 당해요?"

"곤륜."

"……"

그 말에 소향의 눈매가 꿈틀거렸다. 이후 마치 못 들을 걸 들었거나, 못 볼 걸 본 것 같은 표정으로 천천히 변해갔다.

"곤륜이⋯ 당했다고요."

"그래, 그 노파께서는 분명 그리 말했다."

"야단났네요⋯⋯."

"⋯⋯."

곤륜.

구파의 일익은 아니었다. 하지만 누구나 안다. 곤륜은 언제고 마음만 먹으면 구파의 한 자리를 꿰찰 수 있는 힘이 분명히 있었다.

어떻게 아냐고? 전부가 아는 사실이다. 곤륜은 욕심이 없다. 정말 무(武)와 문(文)에, 아니면 진짜 도를 닦으러 온 이들이 전부였다. 사리사욕은 일체 배제한다.

곤륜의 첫 가르침이자, 그 자체로 입산 조건이 되는 말. 굳이 얻으려 하지 말고, 굳이 내리려 하지 말라. 두 가지의 문장이 이어져 곤륜의 정신을 포장한다. 이런 정신을 유지하는 곤륜이 약할 리가 있나.

당연히 강하다.

그런 곤륜이 무너졌다는 소리는 소향에게 아마 청천벽력처럼 들렸을 것이다. 아직 정확한 소식은 들어오지 않았다. 하지만 소향은 개방의 노파가 했다는 말이, 결코 헛말이 아닐 거라는 걸 직감적으로 느꼈다.

"다른 소식은⋯ 없나요?"

"소수의 전승자가 하루라는 전언을 남겼다."

"하루? 하루 뒤 쳐들어오겠다는 건가요?"

"아마 그럴 것 같다."

"하루라… 제자가 오라버니 손에 죽었는데도 하루라니. 생각보다 관대하다고 해야 하나요?"

"……."

무린은 침묵했다. 당시 상황이 다시 떠올랐다. 하지만 이미 마음속으로 정리가 된 상황이니 아까처럼 흔들리진 않았다.

"하루, 하루라……."

소향이 톡톡, 탁자를 손끝으로 두드렸다. 그 소리가 묘하게 청각을 자극했다. 하지만 멈추게 하진 않았다. 소향의 버릇 중 하나라는 걸 아니까. 무린은 시선을 돌려 무혜를 바라봤다.

무혜 역시 뭔가를 생각하는지 눈을 지그시 반개하고 있었다.

무린은 기다렸다. 두 사람이라면 분명 어떤 방법을 내놓을 것이다. 괜히 한명운 선생의 제자가 아니니까.

소향이 큰 그림에 능하다면, 무혜는 작고 세밀한 그림에 능하다. 이런 두 사람이 있으니 분명 좋은 방법이 나올 거라 믿었다.

게다가 무린도 현재 생각하고 있는 게 있었다.

넋을 기릴 여유가 필요해 정소민은 하루라고 했다. 노파의 말 때문이었고, 아마 정소민도 무린처럼 뭔가 느낀 게 있었던 것 같았다.

'하지만 굳이… 기다릴 필요는 없지.'

전쟁에 정도는 없다.

적어도 무린이 생각하는 전쟁의 정도는 생존이다. 그 생존자의 생각이 곧 정도가 되는 것이라 여겼다. 역사는 승자의 기록을 남긴다. 패자의 기록 따위는 대충 휘갈겨 쓸 뿐, 승자의 기록에 밀릴 뿐이다.

무린은 이 방법이 지탄을 받는다 해도, 아군의 피해를 줄이고 승기를 잡을 수 있다면 반드시 해야 한다고 생각했다.

하지만 일단 그 방법을 입 밖으로 꺼내지는 않았다. 소향과 무혜의 생각이 어떤지 듣기 위함이었다.

소향도, 무혜도 장고(長考)에 들어갔다. 두 사람은 침묵을 유지했고, 때때로 표정이 막 변하고 있었다. 그 모습은 모르는 사람이 봤다면 귀에 꽃을 달아주고 싶은 모습이었겠지만 둘을 아는 사람들은 안다.

지금 두 사람의 머리는 완전히 전쟁터가 되었다는 사실을.

수많은 생각이 떠오르고, 필요한 것만 남겨두고 잘려 나가고, 다시 남은 것들만 이어보고, 그래도 별로다 싶으면 다시 버리고를 반복하고 있을 것이다.

그림으로 따지면 그렸다가 지웠다가를 수없이 반복하는 것이다. 떠오르는 건 곧 묘수(妙手)다.

이 상황을 타개하는, 보전하는, 혹은 뒤집어 버리는 신의 한 수를 찾는 것이다. 그러나 그 수를 생각해 냄에 있어서는 반드시 신중해야 한다.

장고 끝에 악수라는 말처럼, 잘못 둔 수는 되돌릴 수 없는 결과를 불러올 것이다. 두 사람은 그걸 잘 아니, 이리 긴 사고에 빠진 것이다.

무린도 안다.

무린은 길게 생각하지 않았다. 다만, 하루의 시기에 가할 가장 치명적인 수가 기습이라는 것만 떠올렸을 뿐이다.

모두가 입을 열지 않았다.

소향, 무혜를 주시할 뿐, 재촉하지 않았다.

얼마나 흘렀는지⋯ 일다경은 가뿐히 넘어 차를 몇 잔을 마셨을 시간이 지났을 때, 둘이 마치 짜기라도 한 것처럼 거의 동시에 입을 열었다.

"야습."

"기습."

단어는 각각 달랐다.

그러나 뜻하는 바는 정확하게 일치했다. 둘이 말을 뱉어놓고, 서로의 말을 들었는지 빤히 둘이 바라봤다. 소향이 먼저 풋 하고 웃었다. 무혜는 웃지 않았다. 그냥 고개만 끄덕일 뿐이었다. 무혜다운 행동이었다.

　"오라버니. 야습을 감행했으면 해요. 아무리 생각해 봐도 그것만큼 이 상황에 좋은 수가 없어요."

　"야습이라……."

　무린은 본래 자신의 생각도 그랬으면서, 이유를 들어보고 싶어 살짝 말꼬리를 흐렸다. 그러자 소향이 바로 그 뜻에 따라왔다.

　"네, 소수의 전승자가 하루라고 분명 말했죠? 그건 곧 이 하루 동안은 오히려 안전할 수가 있잖아요? 그건 우리 말고, 적도 마찬가지라 생각해요. 적도 오히려 마음을 놓고 있을 거라고 생각해요. 그러니 지금이 적기라고 생각돼요."

　"그렇군. 군사는?"

　무린은 무혜를 보고 다시 물었다.

　"동의합니다. 단 주변 정찰을 확실히 해야 합니다. 혹시 알고 대비를 하고 있을 경우 굉장히 위험합니다."

　"정찰은 당연히 선행되어야 하지. 좋아. 나도 기습을 떠올렸던 참이다."

　무린은 소향을 바라보며 선언했다.

하지만 문제가 있는 법.

"적의 규모는 파악했나?"

"아시겠지만 저희는 오늘 못 들어가서……."

"나는 대충 알아냈지. 소수 전승자의 거처는 정검무관이다. 그리고… 마영표국. 이건 개방의 노파가 전해준 정보다."

"정검무관, 마영표국."

소향이 무린이 말해준 두 이름을 되새김했다.

"적의 규모는 파악했니?"

호연화가 물어왔다.

무린은 고개를 바로 저을 수밖에 없었다. 그 부분은 지금부터 확인해야 할 때였다. 다행히 지금은 술시 초다. 아직 충분한 시기적 여유가 있었다.

야습은 당연히 새벽에 이루어질 것이다. 그러니 못해도 두 시진 정도는 여유가 있었다.

"정찰은 오라버니와 한비담 소협, 두 분이 직접 맡아 주세요. 다른 분들은 걸릴 위험이 너무 커요."

"그럴 생각이다."

"……."

소향의 말에 무린은 바로 대답했다. 한비담도 고개를 끄덕여 수긍했다. 적의 규모는 모르지만, 일단 분명한 건 마녀의 세라는 것이다.

결코 어중이떠중이들이 모여 있지는 않을 것이다. 그러니 정찰을 하려면 적어도 그들의 이목을 완전히 피할 수 있는 무인이 가는 게 좋다.

무린이라면 나쁘지 않다. 정찰은 북방에서 질리도록 해 봤으니까. 기척을 숨기는 데는 나름 자신이 있는 무린이었다.

"인시쯤이 좋겠어요. 그때가 가장 취약한 시기니까요."

"좋아. 나는 그 전까지 돌아오지. 그 전까지 준비는 소향과 무혜, 둘이 해놔. 혹시 모를 대비도 해야 한다. 비천성은 절대 무너지면 안 되는 곳이다."

"걱정 마세요. 이곳은 보니까… 절대 한 번에 무너질 수 없는 곳이에요. 방심이라도 하면 모르겠지만, 저나 무혜 언니가 있으니까요."

"믿는다."

무린은 소향에게 고개를 끄덕이며 대답해 주고, 무혜를 바라봤다.

무혜의 시선도 마침 무린에게 향해 있었다. 무린은 말없이 고개를 끄덕여 줬다. 그러자 무혜도 무겁게 고개를 끄덕여 답했다. 잘 부탁한다는 눈빛이 제대로 잘 전달됐다.

"장팔."

"네."

"미안하지만 오늘 밤부터 시작한다고 전달 잘하고, 준비 단단히 시켜라."

"…네!"

후우, 비천성으로 돌아온 지 하루다.

무린은 하루밖에 지나지 않았는데 이렇게 상황을 몰고 가는 하늘이 이번만큼은 좀 원망스러웠다. 제대로 된 대화도 못 나눴다. 조금만 줘도 되잖아! 하고 떼를 쓰고 싶은 기분이었다. 그러나… 수긍했다.

어차피 하늘이 자신에게 준 운명에는 결코 '휴식'이라는 놈이 들어 있지 않다는 것을 빠르게 수긍했다.

아무리 지랄 발광 떨어봤자, 없던 게 생길 리도 없었다.

지금까지 흘러온 것을 보면, 차라리 지금 이 정도는 양반이었다. 어느새 소향과 무혜가 딱 달라붙어 머리를 맞대고 회의에 들어갔다.

아마 비천성을 더욱 견고하게 할 방법을 모색하고 있을 것이다. 아, 막유철 어르신 좀 불러주세요! 소리치더니 다시 격렬하다고 해도 좋을 회의를 시작했다. 동시에 비천대도 바빠졌다.

전투 준비는 준비해라, 하면 뿅! 하고 끝나는 게 아니다. 이제부터는 단 하나의 희생조차 줄여야 한다. 그러니 준비할 건 엄청 많다.

특히 전술, 전술적인 부분은 엄청 신경 써야 할 것이다. 무린은 그걸 무혜와 소향에게 맡겼다.

소란스러운 가운데 무린은 일단 밖으로 나왔다. 정찰은 곧 나갈 것이다.

"아들."

"예, 어머니."

어느새 자신을 따라 나선 어머니 호연화가 등 뒤에 있었다. 부름에 공손히 답하는 무린.

"따라오너라."

"예."

호연화는 가만히 앞장 서 걸었다. 경로로 봐서는 목적지는 집 같았다. 역시, 집에 도착한 어머니가 방에 들어가 있거라 하자, 무린은 아무 말도 못 하고 방으로 들어갔다. 어머니는 한참을 들어오지 않았다.

잠시 뒤, 문이 열리고 어머니가 들어왔다. 그런데 들어올 땐 혼자가 아니었다. 상을 차려 들어오시는데 뒤로 둘이나 더 따라 들어왔다.

제갈려, 그리고 단문영이었다.

무린이 뭔가 직감적으로 어머니가 하실 말씀이 있다는 걸 알았다. 하지만 그 말이 먼저 나오지는 않았다.

"이 밤에 고생하러 가는데 빈속으로 갈 수는 없지 않겠니. 일단 배부터 채우거라."

"예."

나무 수저를 들어 온기가 느껴지는 탕국을 한 숟갈 떠 입에 넣었다.

짭조름함에 고기의 고소함이 더해져 있었다. 잔칫상에서나 먹어볼 수 있을 탕국이다. 무린은 일단 말없이 배를 채웠다. 시선이 부담스럽긴 하지만 천천히 꼭꼭 씹어 먹었다. 먹으면서 무린은 느꼈다.

어머니의 맛이 아니라는 것을.

그리고 예전에 몇 년이나 같이하며 먹어봤던 무혜나 무월의 솜씨도 아니라는 것을. 무린이 그런 생각을 하고 있는데 불쑥 호연화의 목소리가 다시 들려왔다.

"이 아이들이 만들었다. 너를 생각해서 말이다."

"……."

제갈려와 단문영이 끓였나보다. 보니까 흰 쌀밥도 살짝 질다.

어머니도 그렇고 혜나 월이도 그렇고, 예전부터 아버지가 꼬들꼬들한 밥을 좋아해 항상 밥을 지을 때 물 양을 살짝 적게 맞춘다.

그래서 항상 고두밥이었다. 소화는 잘 안 되도, 언제나 무린 가족은 그렇게 밥을 지어 먹었다.

그런데 질다는 건 이 밥 역시 두 사람이 했다는 뜻이다.

무린은 말없이 일단 식사를 끝냈다. 급하지도 그리고 느리지도 않게 식사를 끝냈다. 무린이 냉수까지 마시고 나서 상을 옆으로 치웠다.

그러자 즉각 호연화의 목소리가 들려왔다.

"내가 어떤 생각을 하고 있는지 안다."

"……."

무린은 어머니가 잘못 알고 있을 거라 생각하지 않았다. 괜히 어머니가 아니다. 예전부터 기가 막히게 가족들 속내를 뚫어보던 어머니였다.

어렸을 적, 자신도 모르던 무혜의 성격마저 쑥 파고들어가 샅샅이 훑고 나오신 게 바로 어머니다. 그러니 무혜보다도 속마음을 못 감추는 자신이라면, 아마 다 알고 있을 거라 생각했다.

"불안하니?"

"……."

푹, 치고 들어온 말이 가슴에 파문을 툭, 하고 일으켰다. 잔잔하던 호수였던 무린의 가슴이 순식간에 동심원처럼 일어나는 파문에 출렁거렸다.

불안.

무린이 현 시점에서 가장 잠재우고 싶은 감정이다. 강제로 의식하지 않으려고 별의별 노력을 다 하게 만드는 감정이다.

무린도 사람이라 두렵고 무서운 감정은 당연히 있었다.

단지 그걸 이겨낼 정신력이 충분히 갖춰져 있을 뿐이다. 하지만 그렇다고 아예 안 느끼는 것도 아니었다. 때때로 불쑥 찾아온다.

불안을 가득 담은 마구니가.

지금도 그런 상황이다. 알게 모르게 무린의 현 심적 상태는 상당히 좋지 않았다.

"하지만 알아야 한다. 무린이 너만큼이나 이 아이들도 불안하다는 사실을."

다시 푹, 하고 호연화의 말이 무린에 가슴을 뚫고 들어왔다. 그럴 것이다. 그건 무린도 이미 인정하고 있었다. 제갈려와 좀 전 숲에서 대화하면서 스스로 인지했고, 인지한 순간 인정까지 했다.

그래서 대답할 수가 없었다.

어머니의 말은 모두 옳으니까. 틀린 말도 옳다고 믿어야 하니까. 호연화가 사르르 웃었다. 희미하지만, 자상함이 그 안에 가득하다.

"자고로 사내라면… 여인의 마음을 훔치고 도망가는 게 아니란다."

"……."

아…….

하고 얇은 탄성이 흘러나왔다.

무린은 호연화와 마주치고 있는 시선을 돌리지는 않았다. 음률로 이루어진 탄성이지만 누구의 탄성인지 잘 알기 때문이다.

부끄러움에 나온 탄성, 제갈려였다.

단문영은 단지 호연화의 말에 아랫입술을 살짝 깨물고 눈을 꼭 감고 있었다.

그녀의 푸른 눈동자가 어떤 눈을 하고 있을지 갑자기 궁금해졌다.

불쑥 치고 들어온 낯설고 이상한 생각에 무린은 살짝 아랫입술을 깨물었다. 통증이 일면서 정신이 확 돌아왔다.

"하지만 내 상황을 잘 안다. 책임질 수 있는 상황이 아니라는 것을. 그러니… 약조만 해주거라. 지키지 못한다 해도 좋다. 이 아들은 단지 그 약조 하나로도 살 수 있음이야. 그게 없으면 너는 이 아이들을 죽이게 될 것이다. 소리도 형체도 없는 매정의 칼날로, 스스로 숨을 끊게 만들 것이야."

"…예."

그 말에 무린은 처음으로 대답을 했다.

살짝 침묵 끝에 나온 답이지만, 음정은 또렷했다. 그건 곧 그 안에 담긴 의지도 또렷하다는 말.

호연화는 무린의 대답에 만족했는지 고개만 끄덕이고 상을 들고 나갔다. 세 사람이 남았다. 잠시 말이 없었다.

어머니의 말이 맞다.

사내라면 응당 자신의 여인을 책임져야 하는 법이다. 아버지도 그랬다. 한평생 끝까지 책임지려 하지 않으셨는가. 그 힘든 세월을 이겨내고, 모진 현실을 이겨내고 말이다.

결국은 끝끝내 좋지 않게 가셨지만, 그래도 아버지는 끝까지 책임을 다하셨다.

무린도 그 피를 이었다.

낯 뜨거운 말은 할 줄 모르니… 간단한 문장만 생각해 냈다.

물론 진심은 가득 담는다.

"두 사람, 반드시 돌아올 테니 기다려 주시오."

너무 딱딱하다.

그래서 오히려 진심이 팍팍.

누가 들었다면 피식! 하고 비웃어도 이상하지 않은 말이었다. 정말 눈곱만큼의 달달함도 없었다. 하지만 반대로 그 안에 강인한 정신력이 담겨 있었다.

무린다운 말이었다.

무린은 대답은 듣지 않고 밖으로 나왔다. 차가운 바람이 불어와 쿵쾅이던 심장을 가만히 감싸 안아 식혔다.

'이제야 하나가……'

정리가 된 느낌이다.

정리가 되자 깔끔함이 찾아왔다. 그 깔끔함에 의지가 확 일어났다. 어떤? 생존에 대한 본연의 의지다.

좀 전과는 확실히 감정 상태가 달라졌다.

'이제……'

가자.

무린의 신형이 그 자리서 사라졌다.

第百八十九章

정찰(偵察)

귀환병사

태산현 인근에 도착한 무린은 한비담에게 신호를 보냈다. 정검무관을 뜻하는 네 단어를 어둠에 그려내자, 그가 고개를 끄덕이고는 바로 사라졌다. 무린도 은밀히 태산현으로 들어섰다. 무린은 정말 은밀히 움직였다. 비천신기는 여전히 돌고 있다. 초감각의 접속도 당연히 여전했다. 고요한 태산의 기운이 여과 없이 느껴졌다. 풀벌레 소리도 나지 않는 태산. 아무런 소리도 없이 고요한 태산현의 분위기에 무린은 그제야 역시나… 하는 생각이 들었다.

본래 이렇게 고요할 수가 없는 법이다.

사람 사는 곳은, 어떻게든 좀 시끄러워야 한다. 그건 필연적인 법칙이다. 그러나 태산현은 지나치게 조용했다.

'감이 좀 좋다면 숨이 꽉 틀어 막히겠어.'

그 정도로 조용했다.

정검무관은 태산현의 남쪽 입구 근처에 있다. 홍등가를 지나는 무린. 오직 이곳만 불빛이 있었다.

'태산현이… 숨을 죽이고 있어.'

통제인가?

아니다. 무린은 설마 그건 아닐 거라고 생각했다. 개미새끼 하나 지나가지 않는, 그 어떤 소리도 나지 않는 태산현은 분명히 이상하다. 촉이 좋은 이는 저절로 숨이 죽여질 정도로 고요하다. 일촉즉발의 긴장감이 감도는 것.

무린은 이 이상한 현상을 무시하지 않았다. 이유가 있을 거라고 판단했다. 저 멀리 정검무관이 보였다.

수문무사 둘이 창을 들고 지키고 있었다. 무린이 지금 태산현에 들어와서 처음 본 사람의 모습이었다.

홍등가에도 불빛만 있고, 닫힌 창문 사이로 사람의 모습은 볼 수 없었다. 심지어 술에 거나하게 취해 웃고 떠드는 소리조차 듣지 못했다. 그냥 불만 켜놓은 것처럼 보였다. 무린은 일단 가까이 다가가지 않았다.

정검무관.

정소민의 거처다. 분명 상상 이상의 무인들이 있을 거라는 당연한 예상이 가능했다. 섣부른 접근은 분명 걸릴 것이다.

초감각의 영역을 천천히 넓혀봤다. 거리가 상당하니 이 자체로 상당한 심력 소모가 이루어졌다. 게다가 그 속도는 굉장히 느렸다. 섣부른 접근도 무린은 위험할 거라 예상하고 있었다.

'반응하면 당장 빠진다.'

무린은 수문무사가 초감각의 존재를 눈치채면 바로 빠질 생각이었다. 걸리고도 행동하는 것만큼 멍청한 행동도 없기 때문이다.

사르르. 초감각이 서서히 수문무사의 거리에 진입했다. 손만 뻗으면 닿을 거리. 이내 초감각이 두 무사를 덮고 지나가 정검무관의 정문에 닿았다. 두 무사는 일절 반응이 없었다. 초감각을 느끼지 못한 것이다.

무린은 고개를 끄덕였다. 낮에 태산현의 거리에서도 초감각으로 지나가던 이들을 살폈고, 그 안에서 실력을 꼭꼭 감추고 일반인 행세를 하던 마녀의 세를 잡아냈다. 그들도 무린의 초감각은 엿보지 못했다.

공기와 똑같다. 그러니 아마 쉽게 느끼지 못할 것이다. 아니, 웬만큼 경지에 들지 않고서는 파악 자체가 불가능할 것이다.

지금의 초감각은 탐색의 기질을 가지고 있다. 두 무인의 정보가 낱낱이 파악됐다.

'절정에서도 중. 비천대로 따지면… 장팔과 동급. 이거 참…….'

일개 문을 지키는 무사가 절정지경이다.

어디 가서 말했다가는 개소리하지 말라고 술잔으로 콧등을 얻어맞아도 결코 이상치 않을 일이었다.

'기가 막히는군…….'

실제로 눈으로 보니 더 어이가 없었다. 이런 자들이 적어도 수백은 이곳 태산현에 둥지를 틀고 있었다는 소리다. 그런데도 아무것도 모르고 있었다. 특수한 기예를 분명 익혔겠지만, 등 뒤에 화탄을 지고 누워 자던 것과 같았다.

무린은 천천히 정검무관을 시야에 담고 어둠 속에서 움직이기 시작했다. 바로 접근하지는 않았다.

처음은 정검무관 전체를 확인하는 게 먼저였다. 초감각을 유지하며 움직이는 무린은 아무런 기척도 흘리지 않았다.

척후에 관한 임무는 북방에서도 셀 수 없이 많이 했다. 아예 척후부대에 배속되어 몇 년을 보내기도 했었다. 익숙한 것이다. 그런데 지금은 탈각까지 겪었다. 바로 앞으로 누가 지나가더라도 고개를 돌리지 않으면 무린이 있다는 걸 알아차리지도 못할 것이다.

'넓어.'

정검무관은 넓었다.

무린이 태산현에 와서 샀던 진무장과는 진짜 비교도 할 수 없을 만큼 넓었다. 담의 둘레만 하더라도 최소 네 배 가까이 되는 것 같았다. 그렇다면 저 안에 상주인구는? 전각의 수와 크기까지 전부 눈에 담은 무린이다. 파악은 빠르게 이루어졌다.

'최소 백 이상. 이백은 못 넘겠군.'

진무장의 부지, 그리고 그 안에 전각의 수는 다섯 개였다. 일 층짜리 건물이 전부였지만 그래도 최소 삼십에서 사십의 관도는 묶게 할 수 있게 설계했었다. 정검무관은 그런 진무장에 네 배에 가깝다.

'사십이 넷. 백육십.'

저 안에 상주하고 있을 마녀의 세의 수다.

곤란했다.

'못해도 일류. 제대로 기습이 들어가지 못하면… 힘들겠어.'

야습은 포기해야 하나? 무린은 속으로 고개를 저었다. 야습은 이루어져야 했다. 지금 당장 태산현에만 있는 마녀의 세만으로도 비천대, 제갈세가와 자웅을 겨룰 만하다. 하지만 태산현의 근처에도 많은 현이 있었다.

아래로 태안, 동평, 위로는 성도인 제남이 있다. 산동 전체에 깔린 마녀의 세가 어느 정도인지 생각하자 갑자기 두려워졌다.

만약, 한 현에 이곳만큼 있다면?

'끔찍하군……'

그러니까 야습이 필요하다. 아니면 전쟁 내내 질질 끌려가게 될 것 같았다. 게다가 무린은 이곳 태산현을 정리하고, 다른 곳도 지원을 갈 생각이었다. 황보가가 있는 제남이 그 첫 번째다.

그런 생각을 하는 사이 어느새 무린은 다시 정검무관의 정문 쪽에 도착해 있었다. 무린은 봐두었던 곳으로 다시 이동했다. 가장 은밀히 접근하기 쉬운 곳이었다. 안쪽도 확인을 해봐야 했다.

기관의 유무를 초감각으로 확인하고, 전각의 배치는 반드시 눈에 담아야 할 사항이었다.

'이런……'

담 근처까지 갔는데도 초감각에 잡히는 이질적인 기운들이 수두룩하다. 무린은 그게 기관인 것을 바로 알 수 있었다. 암기로 이루어진 기관들은 서늘하고 끈적끈적한 기운을 내포하고 있다.

'독까지 발려 있어. 그것도 치명적인 독… 비천대 정도면 죽지는 않겠지만, 바로 전장은 이탈해야 돼.'

일반인을 단숨에 보내 버리는 독은 있다. 하지만 일류에 들어선 무인을 단숨에 죽일 수 있는 독은 흔하지 않았다. 내력으로 저항하는 것이다. 그래서 당가도 절독의 경우는 즉사를 노리기보다는 해독이 힘든 부류가 대부분이다. 단번에 죽이려다가 내력의 저항에 막혀 오히려 증발해 버리는 독은 오히려 하급으로 치부했다.

담 너머, 기관 아래 깔려 있는 수백 개의 침에 묻어 있는 독들은 초감각으로 보건데 전자였다.

끈질기게 내력의 저항을 피하고, 뚫어서 저항자의 생명을 무너트리는. 게다가 기관은 은밀하다. 초감각으로만 느껴지는 걸 보니… 그냥 비천대원만 보냈다면 절대 알아차리지 못했을 거라는 판단이 들었다.

이쯤 되자 정검무관을 정의할 수 있는 단어가 떠올랐다.

'요새.'

정검무관은 요새에 가까웠다. 마냥 자신들의 무력에 취해 아무런 대비도 안 하고 있는 게 아니었다. 확실하게 준비하고 있었다. 혹시 모를 습격에도 말이다. 마녀가 얼마나 치밀하고, 은밀하게 세력을 불려왔고 관리, 운영해 왔는지 알 수 있는 대목이었다.

무린은 담 아래서 잠시 고민에 잠겼다.

'안은 확인을 해야 할까, 아니면 이쯤에서 물러나야 하나.'

초감각은 믿음직스럽다. 아니, 시각이 파악하지 못한 것도 알려주니 오히려 눈으로 보는 것 보다 나을 수도 있다. 하지만 그래도 눈으로 '직접' 확인은 필요하다.

두 개의 정보가 다 맞아 떨어졌을 때 '확신' 이 나온다.

무린의 신형이 담 위로 은밀히 올라섰다. 역시나 아무런 소음도 일지 않았고, 기척도 내지 않았다.

정검무관 안의 전경이 눈에 들어왔다. 무린은 정말 죽은 듯이 조용한 정검무관 안의 공기를 읽을 수 있었다.

숙연.

그리고.

광기.

이 두 가지의 공기는 밖으로 나가지 않고, 오직 정검무관 안에서만 흐르고 있었다. 신기할 법도 하지만, 이자들이라면 가능할 것 같았다. 그리고 이런 분위기가 흐르는 이유를 무린은 알고 있었다.

'왕여옥의 죽음.'

그의 손으로 죽여 버린 왕여옥의 죽음이 가지고 온 결과였다. 이들은 왕여옥의 죽음에 슬퍼하고 있었고, 그녀를 죽인 대상에게 분노하고 있었다. 얼굴이 미미하게 찌푸려졌다.

'안 자는 자들이 많아······.'

결론이 섰다.

정검무관은 안 된다. 이곳은 야습을 가할 조건을 갖추지 못하고 있었다. 그럼 남은 곳은 마영표국 한 곳뿐이다. 무린은 한비담이 가져올 정보가 부디 좋기를 바랐다. 담에서 조용히 내려서는 무린.

몸을 돌려 다시 조용히 어둠 속으로 빨려 들어갔다. 무린은 정검무관에서 천천히 멀어졌다. 접근도 그렇지만, 이탈도 조용해야 하는 게 척후의 기본 원칙이다.

빨리 움직이는 건 혹시 모를 실수를 불러올 수도 있었다. 물론 실수도 통제 가능한 경지에 이른 무린이지만, 그래도 조심해서 나쁠 건 없었다.

정검무관에서 완전히 멀어지고 나서야 무린은 초감각을 풀었다. 지끈거리는 골을 엄지로 잠시 지압을 하고, 한쪽에 잘려 나간 나무등치에 앉았다.

"후우."

미약한 한숨이 흘러나왔다.

젖은 육체를 쓸고 지나가는 바람이 무린에게 상쾌함을 잠시 던져 주고 돌아갔다. 하지만 그것도 잠시였다.

상황은 언제나 무린이 바라던 방향으로 흘러가지 않았다.

"······."

등줄기를 훑고 지나가는 서늘함. 끈적끈적한 살심이 아닌, 아무것도 느껴지지 않은 텅 빈 시선.

무감정한 시선이 정확히 뒤통수에 꽂혀 있었다.

대체… 언제?

아무리 무린이 좀 전에 초감각을 풀었다지만, 그렇다고 무린이 기본적으로 가지고 있는 감각계가 그리 허술한 게 아니었다. 남들보다 좋아도 수배 이상은 좋을 것이다. 거기에 비천신기가 더해지면 그 배수는 그대로 수직상승한다.

그런 무린의 감각계에 걸리지 않고, 어느새 시선을 뒤통수에 꽂아버릴 수 있는 거리까지 다가선 자가 있다.

무린은 가만히 비천을 잡아 가면서 생각해 봤다. 누굴까. 정소민? 아닐 거라는 생각이 들었다. 정소민이라면 그냥 바라보고 있지 않을 것이다. 이미 안면은 거하게 튼 사이고, 절대로 침묵으로 바라볼 사이도 아니었다.

이미 돌기 시작하는 비천신기, 끊은 지 얼마나 됐다고 다시금 접속되는 초감각이 영역을 쭉쭉 넓혀 나갔다. 어차피 이미 서로를 파악했으니 조심 따위는 없었다. 영역을 넓혀, 등 뒤에 선 낯선 자를 슥 훑고 가는 초감각이 일단 한 가지 정보를 쥐어줬다.

'불길…….'

재앙. 불길한 화(禍)가 첫 번째로 받은 정보다. 무린은 천천히 신형을 돌려세웠다.

죽립을 쓴 구화의 전승자가 보였다.

*   *   *

정말 단 한순간도 안심할 수 없게 돌아가는 상황은 지칠 법
도 하지만, 무린은 이제 그다지 신기하지도 않았다.

낮에는 소수의 전승자를 만나고, 밤에는 구화의 전승자를
만났다. 이걸 확률로 계산해 보면 대체 얼마나 나올까? 리 단
위? 푼 단위? 머리가 지끈거렸다. 초감각이 쓸데없는 생각은
말고 눈앞의 구화의 전승자에 집중하라고 눈치를 주는 느낌
이다.

"오랜만이오."

쇳소리에 가까운 목소리.

그 소리에 무린의 눈매가 꿈틀거렸다.

오랜만이오?

마치 자신을 알고 있다는 인사 때문이었다. 하지만 무린의
기억 속에는 저런 목소리를 가진 이가 없었다.

"누구냐."

"나요. 장백."

"음?"

장백?

무린은 기억을 더듬어갔다. 장백, 낯선 이름은 아니었다. 들어봤던 이름이다. 상당히 친근한 이름이기도 했다. 가까운 인연처럼 느껴졌다.

구화의 전승자가 천천히 죽립을 벗었다. 죽립을 벗자, 어둠 이지만 아주 확실하게 사내의 얼굴이 무린의 눈에 들어왔다.

"너는……."

"……."

아는 얼굴이었다. 아니, 굉장히 친숙한 얼굴이다. 이장백. 무린이 처음 귀환한 당시 연이 닿아 도와주고, 한동안 같이 살았던 이장백이었다. 늙은 노모와 아프던 동생과 함께 살던 이장백. 무린이 태산으로 올 때도 같이 따라온 이장백이다.

그런 이장백의 등장에 무린의 입술이 서서히 말려들어갔 다. 이해가 가질 않았다. 대체 어떻게? 무린이 태산을 떠난 건 시기상으로 몇 년 되지 않았다. 이 년 정도? 그 정도다. 북방 으로 떠날 때가 마지막이었으니까.

그때도 장백을 보았다.

그리고… 이 정도는 아니었다.

아무리 당시 무린이 탈각 전이었다지만, 아무것도 느낄 수 없었다는 건 말이 되질 않았다. 그렇다면 이후, 뭔 일이 벌어졌다는 소리다.

"어떻게 된 거냐."

"……."

무린은 물었다.

이게 도대체 무슨 일인지, 설명을 하란 의미였다. 하지만 장백은 침묵했다. 어둠 속에 서서 무린을 노려볼 뿐, 말문을 열지 않았다.

"장백, 어떻게 된 거냐 물었다. 내가 간 이후 무슨 일이 있던 거냐. 아니면… 처음부터 의도된 접근이었냐."

"……."

무린은 그러면서도 구화의 전승자가 처음부터 실력을 감추고 접근했을 가능성도 배제하지 않았다. 하지만 그럴 확률은 희박하다고 생각했다.

전설을 이은 전승자가 겨우 무린 하나 감시하자고 접근했을 리가 없었다. 그러려면 차라리 특수한 기예를 익힌 다른 이들을 접근시켰을 것이다.

예를 든다면… 흑영. 그런 인물이 더욱 어울릴 것이다. 역시, 무린은 자신이 떠난 이후 무슨 일이 일어났다는 쪽에 좀 더 무게를 뒀다.

"대답해라, 장백. 무슨 일이 있었던 거냐."

"……."

역시 장백은 대답하지 않았다.

대답할 수 없는 건지, 안 하는 건지. 무린은 미안했다. 동생으로 삼아 놓고, 매번 앞에서 빵빵 터지는 상황 때문에 신경을 아예 못 써버렸다.

그런 무신경에 장백에게 무슨 일이 벌어졌고, 지금까지도 알아차리지 못했다. 비천성에 왔을 때도 장백의 존재는 찾지 않았다. 아예 지워지기라도 한 것처럼.

자신의 무신경이 괴물을 낳았을지도 모른다.

슥.

장백이 어둠에 묻혀 사라졌다.

무린의 질문에 아무런 답도 하지 않고, 그저 자신이 이장백이라는 것만 내비치고는 사라져 버렸다. 무린은 사라지는 장백을 보면서도 잡지 않았다. 말할 수 없는 사정이 있었다. 그런 사정이 생긴 것이다.

무린은 이게 장백이 자신에게 주는 어떤 신호라는 것을 깨달았다.

장백이 완전히 사라지자, 무린은 일단 고개를 털었다. 일단 한비담과 약속한 장소로 무린은 이동했다.

어둠 속에 묻혀 슥슥 이동하는 무린이 이질적이다 싶을 정도로 고요한 태산현을 나오기까지는 그리 오랜 시간이 걸리지 않았다. 최초 흩어졌던 장소로 돌아오니 한비담은 벌써 돌아와 있었다.

무린이 도착하자 그는 바로 고개를 끄덕이고 몸을 날렸다. 비천성이 있는 방향이었다. 비천성에 도착하는 것도 금방이었다.

무린은 약속한 신호를 던지고, 성벽으로 몸을 날려 성 안으로 들어갔다. 무린 정도 되니 가능한 일이었다.

무린이 관사로 돌아오자 무린을 기다리고 있는 이들이 보였다. 처음 상의했을 때 있었던 전부가 있었다.

소향이 바로 다가왔다.

"어떻게 됐어요?"

그 질문에 바로 답하지 않고, 일단 자신의 자리에 가서 앉았다. 그리고 복잡한 심경을 잠시 정리하는 무린이다.

생각을 정리한 무린이 말문을 열었다.

"정검무관은 무리다. 그쪽은 비천성 못지않은 요새야. 치명적인 독을 품은 기관이 있고, 그 안에 무인들의 수도 만만치 않다. 게다가 당대 소수의 전승자인 정소민이 깨어 있어. 그리고 그 부하들도 상당수가 깨어 있다. 치는 건 자살 행위야."

"아……."

무린의 말은, 현 상황에서 굉장히 곤란한 말이었다. 이미 기습을 확정지은 상황이다. 그런데 힘들다니, 이건 좋지 못한 상황이다.

소향의 시선이 한비담에게 향했다.

한비담이 소향의 시선을 받고 허공을 글자를 새겨 넣었다.

가능.

백.

방비 취약.

함정 없음.

수준 십 중 구, 일류.

속속들이 나오는 한비담의 단어에서 소향의 얼굴이 그나마 조금은 피었다. 무혜도 마찬가지였다.

"언니, 하는 게 낫겠죠?"

"응, 하지만 대주께서 정검무관은 무리라고 했어. 마영표국만 치면 분명 지원을 올 거야. 그러니 최단 시간 안에 확실한 효과를 거두고 빨리 빠져야 해."

"그렇죠. 확실한 효과, 속도전. 이 두 가지에 중점을 둬야겠네요."

"일각. 길어도 이각. 그 이후는 무조건 퇴각해야 돼."

"음음."

기습은 포기하지 않을 두 사람이었다. 그리고 그건 무린의 생각도 마찬가지였다.

태산현에 현재 존재하는 마녀의 세는 반드시 꺾어야 할 필요가 있었다. 정소민의 하루 기약을 가만히 기다리면 수성전으로 돌입하게 될 것이다.

비천성과 제갈세가 양쪽 전부 수성이다. 산동을 지킬 전력은 제남의 황보세가, 태산의 제갈세가와 비천대가 전부다. 다른 곳에도 문파들이 있지만 마녀의 세를 막을 수 있을 만한 세력은 없었다.

"소향, 전보는?"

"아, 전부 제갈세가를 통해 보냈어요. 즉각 문(門)을 이탈, 제남이나 청포, 운성으로 모이라고요."

"집결하면 얼마나 될까? 황보세가와 제갈세가, 비천대까지 전부 합쳐서."

"음… 일류의 무인은 최소 오백에서 최대 칠백 사이고요. 절정은… 아직 확실한 합이 안 나와요. 그 이상은 여기 있는 이들이 전부일 거예요."

"반대로 마녀의 세는 예상 가능한가?"

"아니요."

소향은 무린의 두 번째 질문에는 바로 고개를 저었다. 소향의 머리로도 측정이 불가능하다고 한다. 큰 그림을 짜는데 능한 소향이 모르면, 알아낼 사람은 천하를 싹 뒤져도 나올까 말까 할 것이다.

"정보가 없는 게 현재로서 가장 큰 위험이군."

"네, 하지만 분명 며칠 내로 확인은 가능해질 거예요. 저희가 오늘 공격하는 순간 산동에 있는 마녀의 세는 벌 떼처럼 일어날 테니까요."

"그렇겠지."

"지금은 일단 야습에 집중해요. 아, 단 언니?"

소향이 한쪽에 우두커니 앉아 있는 단문영을 불렀다. 단문영이 갑작스러운 부름에 놀라 조금 뾰족한 목소리로 대답했다.

"네?"

"독 좀 있어요? 살상독 말고 마비독이나 그런 걸로."

"있기야 한데… 그리 많지는 않아요."

"괜찮아요. 추격조 따돌릴 때 쓸 거니까. 있는 대로 전부 부탁드릴게요."

"네."

소향은 단문영에게 시선을 떼고, 이번엔 당청을 바라봤다.

"언니, 불장난 좋아해요?"

"그럼, 엄청 좋아하지. 나이 먹고는 체면 때문에 못 해서

얼마나 아쉬운데?'

"호호, 그럼 오늘 실컷 하세요. 마영표국. 싹 태워주길 바 랄게요."

"후후, 맡겨둬."

"하지만 계산 잘하셔야 해요. 괜히 다른 곳에 불똥 튀면 안 돼요? 정확히 마영표국만 태워주세요."

"걱정 마. 그 정도야… 식은 죽 먹기지."

당청이 의미심장하게 웃었다.

그녀는 무인이기도 하지만, 당가의 후예라 함정이나 기관 을 다루는데도 일가견이 있었다. 불을 이용한 함정도 당가에 는 상당수 존재한다. 불길 조절이야 정말 애들 장난처럼 쉬운 일일 것이다.

"언니."

"응."

"역시 투창?"

"그것밖에 없겠지. 불길을 잡으러 나오는 이들에게 일제 투창. 이후 퇴각."

"음… 그럼 역시 최초 다 튀어나올 때가 가장 큰 기회겠네 요."

"그럴 거야. 이 격부터는 분명 피할 테니까. 첫 일격을 최 대한 신중하고, 확실하게."

"이후 추격조에 대한 사냥도 생각해야겠지요. 일단 단 소저의 독으로 혼란을 일으키고 전면전을… 아니다. 이건 피해가 나올지도 모르겠어요. 차라리 확실한 무력으로 제압하는 게 나을까요?"

"……."

소향의 생각에, 무혜는 고개를 저었다. 좋지 않은 방법이라고 말하는 것이다. 소향이 왜요? 하고 되묻자 무혜가 천천히 자신의 생각을 말했다.

"소수, 그리고 구화의 전승자가 따라올 확률이 높아."

"아아, 그럴 수도 있겠네요. 하지만 첫 공격으로는 그리 큰 피해를 못 줄 것 같은데요?"

"그래도 안 돼. 이쪽 무력이 통할 가능성이 없는 전장은 차라리 버려야 돼."

무혜의 말에 소향은 그럼 어쩔 수 없나… 하고 한숨을 쉬고는 다시 생각에 잠겼다. 그걸 보며 무린은 일단 상황을 정리해 봤다. 둘의 대화는 작전의 방향이다. 일단 새겨둘 필요가 있었다.

그때 계단을 통해 빠르게 올라오는 사람이 있었다.

"대주!"

"응?"

무린을 부른 게 아니었다.

당청을 부르는 소리였다. 올라온 이는 당정호였다.

"애들 왔습니다!"

"아, 진짜? 어디!"

"성 밖입니다!"

"그래?"

당청의 시선이 무린에게 향했다. 문을 열어주길 부탁하는 것이다. 당청은 당가 자체가 가진 비선을 통해 북방으로 향하던 당가의 정예, 녹린대에 연락을 취했다. 태산으로 오라는 전갈이었다.

그 녹린대가 지금 도착한 것이다.

"장팔, 가서 모시고 와."

"네!"

장팔이 무린의 말에 대답하자, 당청이 그 대답과 함께 바로 몸을 날렸다. 동시에 소향의 눈빛이 팍 빛났다.

"당가의 녹린대가 왔어요. 아아, 정말… 아주 기가 막힌 시기에 찾아와 줬네요. 언니, 녹린대는 암기를 다루는 데 있어서는 아마 중원제일일 거예요. 어때요? 뭔가 팍팍 생각날 것 같지 않아요?"

"……."

소향의 말에 무혜가 바로 생각에 잠겼다. 암기를 다루는 최정예 부대의 합류는 삽시간에 전투 방식을 바꾸어야 할 정도로 거대한 전력이었다. 게다가 야습을 준비하는 지금, 아주 필요한 전력이다.

무혜는 한참 후에야 천천히 눈을 떴다.

벌어지는 입술에서는 수정된 전략들이 나오기 시작했다. 절로 고개가 끄덕여질 만큼의, 치밀한 전략이었다.

반 시진 후, 기습 작전의 준비가 완료됐다.

第百九十章 야습감행(夜襲)

귀환병사

"……."

"……."

눈빛으로 대화한 후, 손가락이 수신호를 그렸다.

무린의 수신호를 받은 백면이 고개를 끄덕이고는 손을 들어 올려 주먹을 꽉 쥐었다. 그 후 전진하는 백면. 무린은 비천대를 두 개조로 나누었다. 그리고 그 두 개조에서 다시 비천성을 지킬 이들을 선별했다.

각 대의 조원이 삼십.

총 육십이고, 나머지 사십은 비천성 방어를 위해 남았다.

그 사십 중에 다시 열 명을 선발해 비천성과 태산현을 잇는 길을 지키게 했다. 물론 혹시 모를 역습에 대한 연락도 같이 맡았다.

당청과 당정호가 이끄는 녹린대와 한비담과 운검 등은 따로 움직였다.

한비담과 운검은 별동대였다. 이들은 작전에 참여하지 않았다. 오직 구화검과 정소민을 막기 위해 움직인다. 당가의 정예는 무린의 뒤를 따라올 것이다. 이런 작전을 펼쳤던 경험 자체가 달랐다. 당연히 길을 여는 건 비천대가 한 수 위였다.

백면의 선발대가 먼저 사라진 지 일각, 무린도 움직였다. 어둠과 완전히 동화라도 된 듯, 비천대의 모습은 육안으로도 결코 확인이 불가능할 정도였다. 게다가 기척도 없었다. 수풀을 밟고 나아가고 있음에도 사박거리는 소리도 나지 않았다. 속속 절정의 경지로 비천대도 넘어가고 있었다.

실전 경험이야 이미 차고 넘친다. 그 안에서 비천대는 각각 알아서 깨달음을 얻었다. 부족한 건 내력이었는데, 그것도 이제는 어느 정도 보충이 되어가고 있었다. 조장들 빼고 벌써 절정에 든 이들이 스물이 넘었다.

이들을 본보기로 비천대는 빠르게 성장하고 있었다.

어느새 근접한 태산현.

무린은 선발대가 걸어놓은 줄을 잡고 빠르게 올라섰다. 성이 아니라 목책이 전부인지라 월담은 쉬웠다.

슥.

바닥에 내려서는 무린은 빠르게 주위를 훑었다. 지잉! 초감
각에 접속되면서 주변의 지형을 마치 지도처럼 감지하기 시
작했다.

초감각도 진화하고 있었다. 사용 빈도가 늘면서 좀 더 정교
하고, 좀 더 빠르게 탐색이 이루어지고 있었다. 물론 그럴수
록 뇌에 가중되는 압박은 높아졌다. 하지만 비천신기의 이륜
이 이제는 그 압박 자체를 어느 정도 쌓이는 즉시 해소해 버
렸다.

'좋아.'

사위는 쥐죽은 듯 고요했다. 두 시진 전 정찰을 왔을 때와
완전히 똑같았다. 고요 속에 잠든 태산현. 좀 있으면 그 고요
가 깨질 테지만, 아쉽거나 하지는 않았다.

저 멀리, 백면이 수신호를 보냈다.

무린이 고개를 끄덕이자 앞으로 나아가는 백면. 이미 위치
는 충분히 설명해 놓았다. 백면이 잘못 찾아갈 일은 없을 것
이다.

백면이 움직이자 그가 있던 자리로 무린의 조가 빠르게 녹
아들었다.

시선을 돌리니 당가의 녹린대가 속속들이 담을 넘어 어둠

속에 몸을 녹여갔다. 그들도 평소 입고 있던 녹의를 벗고, 검은 야행복으로 갈아입었다. 선두에는 당연히 당청과 당정호가 있었다.

백면을 다시 보는 무린, 그가 전진의 신호를 보낸다. 그 신호에 고개를 끄덕이니 백면이 전진한다. 무린은 다시 뒤를 보고 당청에게 수신호를 보냈다. 당청이 고개를 끄덕였다. 무린의 신형이 은밀히 나아갔다.

비천대가 뒤따라왔고, 좀 전에 있던 자리는 당청과 당정호, 그리고 녹린대가 자리 잡았다. 세 개의 조는 그렇게 전진했다.

저 멀리 마영표국이 보였다.

전체 대기.

무린이 나아가고, 당청과 당정호가 백면이 있는 곳으로 이동해 합류했다. 육성으로 의사를 전달할 수 있는 상황이 아니니 넷은 수신호를 빠르게 주고받았다. 확인이다. 소향과 무혜가 짠 작전을 다시 한 번 상기하는 것이다.

그 후 당청은 무린이 지목한 곳을 보더니 녹린대를 이끌고 천천히 접근했다. 그리고 각자 자리를 잡고, 기척을 완전히 지운 뒤 대기했다.

비천대가 다음으로 나섰다.

각각 활을 꺼내 들더니, 기름을 먹인 화시(火矢)를 준비했다. 순식간에 불이 먹이고, 곧바로 마영표국의 하늘을 향해 높게 조준했다.

슥.

무린이 손을 들었다.

그러자 화시를 준비하고 있던 비천대가 일제히 시위를 놓았다.

퉁, 투두두둥! 시위 튕기는 소리가 어둠을 찢고, 화르르 타오르는 화시가 마영표국의 하늘로 높게 올라갔다. 투두두둥! 곧바로 이 격, 삼 격을 먹였다. 속사로 쏟아지니 어둠이 불에 물러나, 마영표국 내부의 모습이 환하게 밝아졌다.

삑!

무린은 다시 두 번째 신호를 올렸다. 대기 중이던 비천대가 즉각 마영표국의 담으로 내달렸다. 그리고 자기(瓷器)에 담아 온 기름병을 마영표국 내부에 일제히 던졌다.

파삭!

화르르!

병이 깨지면서 튀어 나온 기름이 주르륵 흐른다. 흐르다가 화시로 인해 곳곳에 번져 있는 불길과 만나, 서로 반기더니 더욱 거대한 불길을 만들어냈다. 화마로 변한 불길이 마영표국의 대지를 순식간에 붉게 물들이고, 잡아먹기 시작했다.

불이야!

기습이다!

쩌렁!

순식간에 터진 거대한 외침. 담겨 있는 내력이 만만치 않았다. 그 외침에 반응해 마영표국에 소속되어 있던 마녀의 세가 썰물처럼 밀려나왔다. 그때, 이미 당가의 녹린대는 담 위에 안착해 있었다.

비천대도 마찬가지였다.

그리고 무린도 이미 올라서 있었다.

무린의 손은 어느새 나무 단창을 쥐고 있었다. 슥, 어깨가 당겨지고, 처음 소리를 지른 자에 집중했다.

외침으로 알 수 있었다. 웅혼한 내력이 실려 있음을. 적어도 절정지경이다. 아주 적게 잡아도 말이다.

무린은 일류는 손도 대지 않기로 했다. 당청, 당정호, 백면은 확실하게 잡을 수 있는 이들을 노리겠지만, 무린은 오직 절정으로 보이는 무인들만 상대하기로 했다.

슈악!

무린의 손을 떠난 단창이 어둠을 찢어발기며 그 섬뜩한 아가리를 내밀었다.

"빨리 불을… 흡!"

그극!

파삭!

무린의 표적이 된 무인은 무린의 저격에 순간 호흡을 멈출 수밖에 없었다. 무린의 저격은 가공할 속도로 행해졌다. 급히 신형을 돌려 손바닥으로 막긴 했지만, 비천신기 특유의 관통이 손바닥에 씌워진 내력을 뚫고 그대로 명치까지 뚫어버렸다. 그러니 호흡이 멎은 것이다. 숨을 쉬어야 할 통로에 장해가 생겼으니까.

슈슈슈슉!

무린의 저격과 동시에 비천대의 저격도 시작됐다. 육십의 비천대가 작정하고 쏘는 투창은 그리 만만한 게 아니었다. 게다가 화공으로 인한 혼란이 일단 내부를 잠식하고 있었다. 알고 있으면서도 막기 힘든 상황이 마영표국의 전장에 설정된 것이다.

무혜와 소향이 공을 들였다.

제아무리 무공이 높다 한들, 예상외의 상황은 언제나 마음의 평정을 조금은 뒤흔드는 효과를 지니게 마련이다.

기습이라는 개념 자체가 그렇다. 설마 오겠어? 하는 기본적인 의구심을 찌르는 게 바로 기습의 성공에 가장 지대한 공헌을 한다.

지금이 딱 그런 상황이었다.

우왕좌왕하는 이들은, 비천대의 아주 좋은 먹이가 되었다. 푸부북! 하고 단창이 살을 꿰뚫는 소리가 화마가 일렁이는 소리를 비집고 마영표국 내부에서부터 발발했다. 생명이 끊어지는 처참한 소리가 여기저기서 마구 퍼지기 시작했다.

비천대의 투창은 기본 전술에도 들어가 있을 정도로 강맹하다. 자다 깬 정신으로 맞받을 수 있을 만큼 그리 호락호락한 게 아니었다.

비천대의 투창은 숨 쉴 틈도 없을 만큼 고속으로 이루어졌다. 각각 챙겨온 단창은 인당 삼십 발 가까이다.

픽!

퍼버벅!

녹린대의 손을 떠난 가죽 주머니들이 마영표국 장내에 터졌다. 특수한 주머니인지 바닥에 떨어지자마자 수박 쪼개지듯 벌어지더니 바로 하얀 분말을 살포했다.

독!

누군가가 외쳤다.

상황 파악이 가장 빠른 자. 역시 제거 대상 일 번이다.

무린의 손에서 단창이 다시금 날았다. 쉭! 하고 쏘아진 단창은 상대의 경지를 무시했다. 고개를 틀어 확인하는 순간 이마부터 뚫고 들어가 뒤통수로 빠져나갔다. 그러고도 힘을 잃지 않고 그 뒤에 있던 자의 목젖에 꽂혔다. 일격이살. 한 번의 공격으로 숨통 두 개를 끊어버린 무린이다.

녹린대가 본격적으로 움직였다.

비천대의 투창에 적응해 슬슬 피하기 시작하는 자들에게 은밀한 당가표 암기가 날아들었다. 비천대의 투창이 알면서도 당할 만큼 강공(強攻)이라면, 당가 녹린대의 암기법은 뭔가 이상한 느낌에 응? 하고 밑을 보니 가슴에 살포시 박혀 있는 비접을 보게 될 정도로 은밀(隱密)한 게 특징이었다.

푹. 푸부부북.

소리도 거의 들리지 않았다.

어둠을 가르고 살랑살랑 날아간 비접들이 비천대의 투창을 피해 숨을 고르던 적의 명치, 심장, 목젖, 관자놀이 등에 사정없이 꽂혔다.

어찌나 은밀한지, 그들은 숨이 끊어지면서도 그저 어어? 할 뿐이었다. 자신의 몸에, 그것도 급소에 암기가 살포시 틀어 박혀 있다는 것을 확인도 못 한 이들도 있었다.

그만큼 당가 녹린대의 비접술은 굉장했다.

수두룩하게 보이던 적의 세가 어느새 반절은 꺾여 나갔다. 살아남은 자들은 모두 엄폐했는지 거의 보이지 않았다.

"시각은?"

"딱 맞습니다!"

"빠진다!"

"네! 퇴각!"

기습은 끝났다.

순식간에 목표로 한 수 이상을 저격으로 잡았다. 게다가 마영표국 곳곳에 불을 붙였다. 저 불은 아마 쉽게 끄지 못할 것이다. 창고로 보이는 곳은 더욱 집중해서 불을 붙였다. 아마 무기나 식량 등은 킬킬거리며 거세게 타오르는 화마의 아가리에서 벗어나기 힘들 것이다.

이 정도면 기습은 성공적이다.

미련 없이 떠야 할 때였다.

삑!

신호가 울리자마자 비천대는 물론 녹린대는 조금의 망설임도 없이 담에서 몸을 날렸다. 뒤로 퉁! 하고 떠오른 신형들이 지근거리에 착지, 순식간에 뒷걸음질로 거리를 벌렸다. 그 후 신형을 바로 돌리지 않고 어둠 속에 녹아들기 전, 단창을 다시 쥐고 기다렸다.

"⋯⋯."

"⋯⋯."

쫓아!

일, 이 대는 적을 추격한다! 삼 대는 건물에 붙은 불을 꺼!

네!

타오르는 거대한 불길 속에, 분노가 살포시 숨어들어 타올랐다. 거대한 악의, 적의가 화광과 같이 충천했다.

슉!

슈슈슉!

순식간에 담장 너머로 솟구치는 검은 인형들. 그 수는 꽤나 많았다. 비천대와 녹린대는 이걸 기다렸다. 마비된 이성은 때론 잘못된 판단을 내린다. 지금처럼, 상대가 오히려 기다리고 있을 거라고는 전혀 생각도 안 하고 추격을 시작할 때가 있다.

인지 부족, 이성 마비가 가져오는 절호조의 기회가 비천대에게 다시 왔다.

슉!

슈아아악!

비천대의 투창과 녹린대의 비접이 다시 날았다. 컥! 하는 신음이 다시 어둠 곳곳에서 터졌다. 그 소리를 들은 즉시 무린은 휘파람을 불었다. 삑! 하는 소리는 이제 완전히 퇴각하라는 신호였다.

뒤도 돌아보지 말고, 이제 비천성으로 귀환이다. 기습은 공격뿐 아니라, 본대로 귀환하는 것도 굉장히 중요하다. 그것도 지금처럼 적진 깊숙한 곳에 침투했을 때는 더욱 그렇다. 무린은 비천대의 중앙 쪽에서 달리고 있었다. 선두는 백면, 가장 후미에는 당청과 당정호가 있었다.

'알아챘어. 간당간당해……'

정검무관 쪽에서 기세가 일어나고 있었다.

끈적끈적한 분노가 섞인 살심이 마구 일어나고 있었다. 아마 이쪽의 일을 안 것 같았다.

하긴, 그렇게 대놓고 공격했는데 모르는 게 이상한 일이다. 하지만 그걸 대비해서 기습 시간은 단 일각으로 제한했다. 길어도 이각이다. 좀 전 기습은 일각을 조금 지났지만, 소향과 무혜가 우려할 정도로 시간를 끈 건 아니었다.

하지만 그럼에도 정검무관은 일어나고 있었다. 거대한 기운이 느껴진다. 그 가운데, 홀로 독보적으로 승천하는 분노가 있었다.

'정소민!'

소수의 전승자가 일어난 것이다.

기세를 대놓고 일으킨다. 그만큼 분노했다는 뜻이었다. 스스로는 아량으로 생각했을 것이다. 그리고 본인에게도 시간이 필요하니 하루를 말했다. 그런데 무린은 오히려 그 하루를 이용해 기습을 감행했다.

열 받을 것이다.

그리고 그게 정상이었다.

"백면, 더 빨리! 소수가 움직였다."

무린의 외침에, 전방에서 알겠소! 하는 대답이 들려왔다. 퇴각의 속도가 좀 더 빨라졌다.

어차피 걸린 이상 은밀함은 아예 내던졌다. 오직 탈출만 생각했다. 저 멀리 벌써 목책이 보였다. 백면을 시작으로 순식간에 비천대가 타넘고, 녹린대가 그 뒤를 따랐다. 당청과 당정호가 넘어가자 저 멀리, 정검무관에서 쏟아져 나온 마녀의 세가 보였다.

기세가… 살벌하다.

정말 무시무시한 기세를 풍기면서 쫓아오고 있었다. 무린은 그걸 잠시 눈에 담고는 목책을 넘었다.

목책 밖으로 나온 다음 곧바로 비천대의 후미를 맡아갔다. 어둠 속에 불이 하나씩 보였다. 중간중간 대기 중인 비천대원들이다. 가장 최적의 경로에 서서 길을 인도하고 있었다. 어차피 적도 비천성의 존재는 알 것이다. 불빛으로 인해 이동경로가 드러나더라도 상관없었다.

목적은 가장 빨리, 비천성으로 되돌아가는 거니까.

초감각이 징징 울었다.

'온다……!'

독보적인 기세가 벌써 목책을 넘어 무서운 속도로 쫓아온다. 고개를 돌려 확인하지 않아도 누구인지 알 수 있었다.

정소민.

분노한 그녀가 오고 있었다.

하지만 이미 무린은 물론 비천대도 빠르게 비천성에 가까워지고 있었다. 거리를 가늠하는 무린.

초감각이 바로 결단을 내려준다.

'일격은 막아야 돼. 안 그러면 뒤가 잡힌다!'

누군가 정소민을 향해 단발성 공격을 해줘야 했다. 안 그러면 정소민은 현재 무린의 위치까지 도달해, 후미를 공격할 가능성이 있었다. 하지만 그렇게 둘 무린이 아니었다. 초감각은 초감각대로 유지하면서 비천신기의 내력이 무린의 좌수에 맺혔다. 정확히는 단봉, 비천에 맺히고 있었다.

어둠을 몰아내는 우윳빛 광채가 비천에 담겼다. 무린은 그 광채가 절정에 달했을 때, 신형을 멈추고 상체를 뒤틀어 돌려세웠다.

거리는 약 이십 장.

위치는 초감각으로 정확히 파악하고 있었다.

"후읍……!"

팽팽하게 당겨진 어깨.

근육이 수축하면서 탄성을 축적하기 시작했다. 그 탄성은 비천신기와 다르게 힘을 발휘했다. 육체의 힘, 거기에 내력의 힘이 완전히 더해지고, 무린이 당겼던 어깨를 그대로 털었다.

끼아아아악!

비천이 우윳빛 광채를 토해내며 어둠을 찢었다. 동시에 합체 부분의 동그란 구멍으로 바람이 빨려 들어가면서 귀곡성을 만들어냈다.

이 시기에, 이 날씨에 울리는 귀곡성. 담 좋은 사내도 순간 굳어버릴 정도로 처절한 비명성이다.

콰앙……!

이어 폭음이 터졌다.

비천의 내력이 소수와 만나 터진 것이다. 무린은 초감각으로 파편이 되어 산산이 비산하는 비천의 조각들을 느꼈다. 하지만 원하던 것은 얻었다. 정소민의 질주를 막은 것이다. 그리고 그걸 확인한 무린은 이미 다시 몸을 돌려 무풍형을 극성으로 전개했다. 저 멀리, 비천성이 보였다.

이미 사방에 불을 붙여 놓았고, 내려놓은 밧줄을 통해 벌써 성으로 올라서는 비천대의 모습이 보였다.

무린의 신형은 쭉쭉 나아갔다. 그 사이 무린의 옆으로 따라 붙는 이들이 있었다. 구화검을 비롯한 혹시 모를 변수를 제어하기 위해 따로 행동했던 한비담, 운검이었다. 나란히 무린의 곁에 서서 달렸다.

바람처럼 쭉쭉 내달린 무린의 신형이 훌쩍 떠올랐다. 동시에 구름을 밟듯이 운검의 신형도 떠올랐고, 한비담의 신형은 성 앞에서 꺼지듯이 사라졌다가 어느새 상공에 나타났다.

탁!

뻗은 줄을 잡고 확 끌어당겼다. 무린의 신형은 물론 한비담과 운검의 신형도 안으로 빨려 들어갔다.

성벽에 착지한 무린.

몸을 돌리니 어느새 지척까지 다가온 정소민이 보였다.

"……."

"……."

시선이 마주쳤다.

활활 타오르는 정소민의 눈빛을 무린은 피하지 않고 마주 봤다. 그 안에 담긴 의지가 느껴졌다. 반드시… 반드시 죽여 버리겠다는 살벌한 의지였다.

무린도 전했다.

다음은 당신 목이니, 각오하라는 의지를.

『귀환병사』 21권에 계속…

내일을 향해 쏴라

김형석 장편 소설

FUSION FANTASTIC STORY

1만 시간의 법칙!
'성공은 1만 시간의 노력이 만든다'는 뜻이다.

그러나…
사회복지학과 복학생 수.
전공 실습으로 나간 호스피스 병동에서
미지와 조우하다.

1만 시간의 법칙?
아니, 1분의 법칙!

**전무후무한 능력이 수에게 강림하다!
맨주먹 하나로 시작한 수의
인생역전이 시작된다!**

Book Publishing CHUNGEORAM

청어람이 아닌 자유추구~
WWW.chungeoram.com

글삶 장편 소설
FUSION FANTASTIC STORY

세상을 다 가져라

[세상을 다 가져라]

문피아 선호작 베스트 작품 전격 출간!
현대판타지, 그 상상력의 한계를 넘어서다!

권고사직을 당한 지 2년째의 백수 권혁준.

우연히 타게 된 괴상한 발명품으로 인해
과거로 회귀한다!

그런데
과거로 온 혁준의 손에 들려 있는 것은 바로
최신형 스마트폰!

"까짓 세상, 죄다 가져 버리겠다 이거야!"

백수였던 혁준의 짜릿한 인생 역전이 시작된다!

Book Publishing CHUNGEORAM